W0250112

LES INVISIBLES

Giovanni Del Ponte

LES INVISIBLES
1

Le secret de Misty Bay

EDITIONS PRISMA

À Giò-lei,
ma potion magique personnelle

Prologue

Pénombre. Humidité. Odeur prenante de moisi.

Le vieil homme posa l'échiquier sur la table poussiéreuse.

À vrai dire, ce n'était pas un véritable échiquier. Quelque temps plus tôt, cela avait été, sans doute, un morceau du couvercle d'une caisse en bois ou d'une malle. Le vieillard avait tracé dessus des carreaux et colorié au charbon des cases noires.

Il y disposa un à un des cailloux que seuls ses yeux avertis pouvaient prendre pour les différentes pièces d'un échiquier. Pourtant, il n'en manquait pas une et il était parfaitement possible de disputer une partie. Il poussa un profond soupir. Voilà si longtemps qu'il attendait... Enfin, le moment était venu !

Le vieillard goûta le bref laps de temps qui le séparait du début de la partie. Une fois encore, il parcourut du regard l'étroite grotte creusée à même la roche dans laquelle il se trouvait. Puis il avança la main et saisit sur l'échiquier la première pièce, le premier personnage. Et sur ce premier mouvement, il engagea la partie.

1

Les Invisibles

La vieille demeure d'Angus Scrimm se dresse, silencieuse, au sommet de la falaise.

La nuit est tiède et limpide. Tout semble tranquille.

Illusion, pure illusion ! Les enfants prisonniers dans la maison sont promis à un destin qu'ils ne peuvent même pas imaginer.

Enfermés dans leur cellule souterraine, ils ont tout d'abord tenté de s'enfuir. Ils ont crié, hurlé. Personne ne les a entendus.

En vérité, nul ne peut leur venir en aide. Aucun adulte.

— Invisibles, présents ? demande à mi-voix Damon, treize ans, le chef de la bande des Invisibles, tapi derrière un buisson, à l'arrière de la maison.

Autour de lui, rien ne révèle une présence humaine. Pourtant, une réponse lui parvient ou plutôt une série de chuchotements provenant du petit bois jouxtant la maison.

— Greta, présente !

— Mark, présent !

— Ken, présent !

— Devlin, présent !

— Susan, présente !

— Bien, reprend Damon. Voici le topo de la situation : nous sommes l'unique espoir de ces enfants. Scrimm est un

dur à cuire, mais si nous faisons irruption, tous ensemble, à l'intérieur, il ne pourra être partout à la fois pour nous bloquer. Si l'un de nous se fait prendre, tant pis pour lui. D'accord? Le premier qui parvient à libérer les enfants se précipite au poste de police et raconte tout. Attention, à mon signal : un... deux...

Damon hésite encore. Cette mission n'est pas comme les autres : cette fois, le danger est réel. Si l'un des siens était capturé, le sort qui lui serait réservé serait pire que celui encouru par les enfants. Il en va de sa responsabilité. Mais il n'est plus temps de renoncer, maintenant. Scrimm n'est pas tombé de la dernière pluie. À l'heure qu'il est, il a dû sûrement s'apercevoir de leur présence. Il ne les connaît pas tous, mais il peut très vite savoir où ils habitent et aller les rechercher un à un... Non, plus question de faire marche arrière.

— ... trois! souffle-t-il enfin.

S'il savait à quel point ce simple mot allait changer le cours de leurs vies!

En un éclair, Greta, Mark, Ken, Devlin et Susan bondissent, chacun vers un point différent de la maison d'Angus Scrimm.

Réussiront-ils? Ils n'en ont pas la moindre idée, mais ils sont prêts à tout risquer. Le sort de trois tout-petits est entre leurs mains.

Greta arrive la première. Écartant de son visage une mèche de ses longs cheveux noirs, elle s'approche d'une fenêtre. Personne. Pourtant, la croisée est entrebâillée. «Tu es sûr de toi, pas vrai, Scrimm? pense la jeune fille. À partir de cette nuit, tu feras moins le malin!» Et d'un mouvement souple, elle se glisse dans la maison silencieuse.

Mark se dirige vers la porte de derrière. La batte de baseball qu'il serre dans ses mains le rassure un peu. Il tourne la poignée... la porte s'ouvre.

« Trop facile, se dit-il. Ou Scrimm est un crétin ou il nous attend... »

Il franchit le seuil et, tandis qu'il s'enfonce dans l'obscurité, une idée fait son chemin dans son esprit. Et si Scrimm n'avait rien à craindre ? De malheureux voleurs qui s'étaient risqués une fois à venir par là ont tous mal fini. Et deux d'entre eux sont même devenus fous. De plus, Damon soupçonne Scrimm de contrôler la police.

Mais une bande d'ados, il n'y pense sûrement pas !

Ken a aperçu de loin, au rez-de-chaussée, un soupirail qui sert à aérer les pièces en sous-sol. C'est là, derrière, que les enfants pourraient être prisonniers. Il est fermé. Vite, il se saisit d'une pierre, qu'il enveloppe dans sa parka sans manches. Idéal pour casser une vitre sans bruit ! Qu'est-ce qui bouge derrière lui ? Damon... ce n'est que Damon. Ils ont eu la même idée, tant mieux. Les voilà tous les deux à l'intérieur.

Devlin hésite. C'est bizarre, les autres sont entrés trop facilement... Et si c'était un piège ? Aucun bruit ne filtre de la maison. Qui sait si les amis n'ont pas été déjà capturés ? Si cela lui arrivait aussi ? Mieux vaut patienter quelques minutes. Laisser à ses copains le temps de chercher les enfants et – s'ils sont en danger – de voler à leur secours. Oui, il est préférable d'attendre, c'est un bon plan. Plus sûr aussi.

Susan s'aperçoit alors que Devlin est resté en arrière. Qu'est-ce qu'il fabrique ? Si elle retournait voir ? Puis elle change d'idée : s'il n'a pas envie d'entrer, s'il ne se sent pas d'attaque, qu'il reste dehors, après tout. Elle atteint une autre fenêtre ouverte, du côté opposé à celui par lequel est entrée Greta. Hum... Que Scrimm ait tout laissé grand ouvert est mauvais signe. Et s'il avait déjà tué les enfants? Non, il faut chasser cette pensée. Tâcher de se concentrer.

Greta avance à tâtons dans la pièce, juste éclairée par la lueur bleutée de la lune, entre zones claires et puits d'ombre noire. Elle ne peut s'empêcher de maudire Damon, qui a interdit d'emporter aucun objet, pas même un briquet. Soudain, un faible bruit provient du couloir. Damon a eu raison : dans cette obscurité, rien ne trahit une présence. Peut-être qu'en restant parfaitement immobile...

— Hé là, que se passe-t-il ici?

Est-ce la voix de Scrimm? D'emblée, on ne saurait le dire. Pourtant, ce ton moqueur, méchant... Les pas se rapprochent... Le cœur de Greta bat à tout rompre. Revenir vers la fenêtre ouverte, vite! Mais elle est trop éloignée! Passer devant la porte donnant sur le couloir? Elle n'ose pas, c'est trop risqué.

— Avance, mon poussin, viens voir tonton Angus! Je ne te ferai pas de mal...

Greta jette autour d'elle des regards affolés. Appeler à l'aide? Impossible, cela mettrait ses amis en danger. Sa main agrippe l'un des couteaux que Damon leur a prêtés, à Susan et à elle. «Pour les filles, c'est plus prudent, avait-il dit, elles se sentiront plus en sécurité.»

Soudain, elle aperçoit une autre porte, au fond de la pièce. Prenant son courage à deux mains, elle se rue dans cette direction.

Mark est en train de traverser ce qui pourrait être la salle à manger. Tout à coup, il lui semble distinguer une ombre glissant vers une grande table.

— Hé, les gars, chuchote Mark, en serrant très fort sa batte de base-ball dans ses mains moites, c'est vous, les copains?

Pas de réponse, sinon un soupir, comme un râle.

Un grognement profond provient alors de l'endroit où l'ombre a bougé. Le grondement d'un gros animal !

— Aïe, aïe, aïe ! Un chien ! bougonne Mark.

Soudain, sa batte de base-ball n'est plus aussi réconfortante.

Il se précipite vers la porte par laquelle il est entré. Un couloir, une pièce, un autre couloir... Le crissement des griffes de l'animal sur le parquet lui indique que la bête est sur ses talons.

« Allez, tu y es presque ! se dit-il pour se donner du courage. Tourne à angle droit... Cours en zigzag... Sème-le ! »

La bête est presque sur lui. Elle bouscule les chaises, se cogne au montant des portes... Malédiction, ce chien est absolument énorme !

Flûte ! Pas d'issue par là ! Ce couloir ne mène à rien...

Mark se remet à courir, des larmes coulent sur ses joues. Dans son dos, il entend le claquement des mâchoires du molosse.

Et il sent, sur son cou, l'haleine brûlante du monstre...

— Ce bruit, tu as entendu ? s'exclame Damon, perdant toute prudence.

— Euh, quel genre de bruit ? répond Ken distraitement.

Ils ont pénétré dans une pièce secrète, aménagée en bibliothèque. Ken examine les livres avec attention.

— Je ne sais pas, quelqu'un qui courait...

— Regarde-moi tout ça ! chuchote Ken, complètement ébahi.

Ses doigts courent sur le dos des livres.

— Ils ont au moins cent ans ! Tiens, des titres, au hasard : Pleine Lune magique, Le Marteau de la sorcière, Rites et Exorcismes...

Damon à son tour examine la pièce. Les étagères poussiéreuses sont remplies de volumes du même genre. Le Monde des morts vivants, *peut-il lire.*

— De Mas... De Mast...

— De Masticatione mortuorum, *c'est du latin : « Comment manger des morts. » Ces livres doivent valoir une fortune, comment se les est-il procurés ?*

— La bonne question serait plutôt : qu'est-ce qu'il en fait ?

À ce moment, un cri retentit.

— Cette fois, tu as entendu, souffle Damon, saisissant Ken par la manche.

— C'est la voix de Mark, répond son ami. Il a un problème.

— Vite, allons l'aider !

— Pourtant, on a dit qu'il fallait rechercher les enfants.

Ken a un peu honte d'abandonner Mark à son sort, mais il sait que seuls Damon et lui peuvent sauver ces innocents.

— Tant pis pour la stratégie ! hurle Damon, le plantant là et se ruant vers l'escalier. Dépêchons-nous, on ne peut pas le laisser se faire assassiner !

Ken le voit grimper les marches quatre à quatre et disparaître. Il lâche un juron et s'apprête à le suivre quand quelque chose capte son attention : sur un lutrin, un livre est ouvert... Un volume apparemment semblable aux autres, mais qui exerce sur lui une attraction quasi hypnotique. En le refermant, il lit son titre sur la couverture : Malartium.

Un éclair rouge. Quelque chose frappe violemment Susan au visage et l'envoie valdinguer contre un mur... un autre éclair... puis un troisième. Dans sa bouche, un goût de sang. Ses vêtements prennent feu aux endroits où elle a été atteinte. Désespérément, elle essaie d'éteindre les flammes et se blesse à la jambe avec son propre couteau, qu'elle jette au loin avec rage. Saisissant un coussin, elle s'efforce d'étouffer le feu qui la dévore.

Autour d'elle se déchaînent des spirales de feu, des météores infernaux. En une course folle, elle s'enfuit dans le labyrinthe sombre de la maison. Les flammes la poursuivent, la cernent.

— Aaaaah !

Une flamme s'est allumée sur son dos. Les cheveux! Ses cheveux ont pris feu !

Du dehors, Devlin entend des bruits et des hurlements. Il voudrait intervenir, mais paralysé par la peur, il est cloué au sol.

Un éclair zèbre la nuit. Pourtant, jusqu'à présent, le ciel était sans nuages. Voilà maintenant qu'une tempête se déchaîne.

— Il ne faut pas avoir honte, mon garçon !

Devlin se retourne et le voit. Scrimm ! Et il est trop près pour lui échapper.

— Ce n'est pas déshonorant d'éviter une bataille perdue d'avance !

L'homme s'accroupit auprès de lui, un sourire mielleux aux lèvres. L'eau de pluie qui ruisselle crée des reflets bleuâtres sur ses longs cheveux bruns et sur sa barbiche en pointe. Il porte une longue tunique noire ; sa peau a la couleur de l'ivoire et ses yeux étincellent des feux de l'enfer. La main qu'il pose sur la cuisse de Devlin est de glace : un froid cuisant pénètre le sang du garçon et monte jusqu'à son cœur.

— Et puis, là-dedans, personne ne peut faire de mal à tes amis ! Personne, sinon eux-mêmes !

« Que dit-il cet homme, et pourquoi rit-il si fort ? » Devlin n'y comprend rien…

— Regarde, Devlin, lui ordonne brusquement Scrimm, emprisonnant la tête du garçon entre ses deux mains, et en le fixant de ses yeux de braise.

Et Devlin voit tout.

Il voit Greta, qui s'imagine que Scrimm s'est emparé d'elle. Elle ne sait comment lui échapper. Elle frappe, d'abord avec sa main, puis avec le couteau…

Mais elle ne réussit qu'à blesser Mark qui croit, lui, que le chien lui a sauté sur le dos. Il pleure, hurle et se débat pour l'arracher de lui. Mais la bête semble insensible à ses coups de batte.

Susan se sent brûler vive. Elle donne des coups de poing et de pied dans le vide…

En réalité, elle atteint Damon, qui tente de se défendre comme il le peut, avec tout ce qui lui tombe sous la main. Car il a l'impression d'avoir été capturé par une énorme araignée qui veut l'emmailloter dans sa toile.

— Tu les vois, Devlin ? ricane Scrimm, sans lâcher le visage du garçon. Tu comprends maintenant que vous ne pouvez rien contre moi ?

— A… ass…, bafouille Devlin dont les lèvres se refusent à lui obéir.

— Quoi ? Qu'est-ce qu'il dit ce petit morveux ?

— Assez !

Mais la voix de Scrimm, dominant le fracas du tonnerre et les éclats de la tempête, lui dit encore :

— La magie n'est pas un jeu d'enfant, mon petit !

— Asseeeeez !

Et Devlin s'évanouit.

Les éclairs qui zèbrent le ciel illuminent la demeure d'Angus Scrimm. Greta, Mark, Damon et Susan recouvrent subitement la raison. Couverts de coups et de bleus, sanguinolents, ils sont serrés les uns contre les autres.

Non sans mal, ils s'aident à se relever. La maison est déserte. Personne ne vient leur dire de rentrer chez eux, aucune présence ne se manifeste. C'est cela que veut leur faire comprendre Scrimm : pour lui, ils n'existent pas, un point c'est tout. S'il les laisse partir, c'est qu'ils ne peuvent rien contre lui. Le petit groupe d'ados se lève et s'en va sous la pluie, s'évitant du regard, sans dire un mot.

Personne, pas même Angus Scrimm, ne s'est aperçu qu'il en manque un : Ken, le sixième Invisible.

— Jeune homme… S'il te plaît…

Douglas Macleod tourna brusquement la tête et retira les écouteurs de ses oreilles.

— Pardon ?

L'hôtesse de l'air hésitait :

— Ton jus d'orange. Excuse-moi, tu avais l'air de dormir !

— Non, non, je regardais un film. Merci bien !

Douglas but une longue gorgée d'orangeade et posa son verre sur la tablette de son siège, près du hublot. Malgré ses douze ans, ce n'était pas la première fois qu'il voyageait seul en avion. Ses parents avaient été conseillers en restructuration d'entreprises pour une chaîne de supermarchés, et ils voyageaient sans cesse. Douglas, dans ses plus lointains souvenirs, avait été ballotté entre New York, Boston, Memphis, Los Angeles. Mais sa mère était morte subitement et son père s'était encore plus absorbé dans son travail. Dès lors, le garçon avait passé ses étés en colonies de vacances ou chez des parents. Cette fois, c'était chez son oncle

Kendred, le frère aîné de sa mère, qui vivait au bord de la mer, dans une très jolie petite ville. Du moins, c'est ce qu'avait affirmé son père. Enfin... Papa exagérait toujours un peu!

D'un revers de main, il se débarrassa des miettes de biscuits qui constellaient sa chemise écossaise. C'était plus fort que lui, il lui fallait grignoter un petit quelque chose quand il lisait ou qu'il était au cinéma. «Pas de mystère si j'ai quelques kilos en trop, en tout cas plus que les autres de mon âge!» se dit-il.

Il fallait reconnaître qu'il ne faisait rien pour garder la forme. Il préférait lire des livres ou des BD de super-héros que jouer au foot avec ses copains. Un peu d'exercice? Bof... il en faisait, tout de même... D'ailleurs, il s'écorchait parfois les genoux en planche à roulettes. Il passa sa main sur sa jambe encore endolorie. Ah ça, pour se casser la figure, il était le roi!

Douglas remit ses écouteurs et leva les yeux sur l'écran, au-dessus de la rangée médiane de fauteuils. Il s'était distrait... Où en étaient donc les *Invisibles*? Un simple coup d'œil lui suffit pour savoir que quelque chose clochait. Tout à l'heure, il suivait le début d'un film policier palpitant, dont des adolescents étaient les héros. Et voilà que maintenant, c'était un épisode des *Simpson*. L'hôtesse était encore dans les parages, il l'appela :

— Pardon, madame...

— Oui? Tu désires?

— Oh, ce n'est pas important, mais... qu'est devenu le film précédent?

— Quel film?

— Le polar avec la bande de jeunes, les Invisibles... ceux qui...

La jeune femme jeta un coup d'œil sur l'écran.

— Mais il n'y avait pas de film auparavant!

— Mais si, vous savez bien, ce film, avec une scène qui...

— Ah, j'ai compris, dit l'hôtesse avec un grand sourire. Tu as dû t'endormir et rêver, tu ne crois pas?

Douglas ne dit plus mot. Ce film, il était pourtant sûr d'être en train de le regarder. Bon, si l'hôtesse affirmait qu'il n'y avait que les *Simpson,* l'unique explication était qu'il avait dû rêver, voilà tout! Ou peut-être était-ce l'un de ces trous de mémoire qui le cueillaient parfois à l'improviste. Dans ces moments-là, il ne percevait plus rien de ce qui l'entourait. Parfois, cela lui collait une peur bleue, mais jamais il n'avait osé à en souffler mot à personne. De toute façon, il déménageait si souvent qu'il n'avait jamais eu le temps de se faire de vrais amis.

L'hôtesse sourit, d'un air entendu :

— Oh, ne t'inquiète pas, cela arrive très souvent. Il y a quelques semaines, nous volions vers le Canada et, à l'atterrissage, un passager s'est réveillé et a demandé si nous arrivions bientôt à Rome! Le commandant en personne est venu rassurer ce monsieur et le persuader qu'on allait bien se poser à Toronto!

Douglas lui rendit son sourire et la jeune femme s'en fut s'occuper d'un passager qui lui avait fait signe.

L'atterrissage était prévu vingt minutes plus tard, il avait donc le temps de faire un petit somme. Il reposa son casque sur la tablette et s'enfonça plus confortablement dans son fauteuil.

Avant de s'endormir, la dernière chose qui lui vint à l'esprit fut : «Les Invisibles, hein? Dommage, c'était sûrement un film terrible!»

2

Un fin limier

Robert Kershaw laissa échapper un grognement de satisfaction, qui résonna dans le silence de sa chambre d'hôtel.

C'était un petit hôtel modeste, du genre où l'on ne fait que passer, mais peu lui importait. Il s'estimait bon détective et, comme tel, ne s'intéressait qu'à ce qu'il recherchait.

Car il était sur une piste, depuis plusieurs années déjà. Et il ne lâcherait pas le morceau tant qu'il n'aurait pas trouvé ce qu'il cherchait.

Nerveusement, il sortit ses ciseaux de leur étui et découpa un article de journal.

Il le collerait ensuite, avec d'autres, dans l'épais cahier posé devant lui, à moitié rempli d'articles du même genre.

UN ENFANT MYSTÉRIEUSEMENT SAUVÉ DES FLAMMES !

À la police, celui-ci a raconté qu'il avait été secouru par d'étranges enfants, qui ne semblaient pas craindre les flammes.

LES ÉCOLIERS KIDNAPPÉS ONT ÉTÉ RETROUVÉS !

Interrogés sur la façon dont ils ont été délivrés, certains n'ont rien voulu dire. D'autres ont déclaré avoir été libérés par des jeunes de leur âge, qui se faisaient appeler «les

Invisibles». Ils semblaient surgir de nulle part et se sont évanouis dans la nature de façon inexplicable.

LA FILLETTE PERDUE DANS LA TEMPÊTE DE NEIGE EST RAMENÉE CHEZ ELLE PAR UN JEUNE GARÇON QUI DISPARAÎT AUSSITÔT!

Des coupures de ce genre, il y en avait des dizaines. Mais celle qu'il découpait était à classer dans le dossier «EXTRAORDINAIRES». Car si elle était un peu différente des autres, c'était en raison de deux indices : un nom et un lieu.

RANDY EST SORTI DU COMA!

Voici des jours que le petit Randy était couché sur un lit d'hôpital, à la suite d'un grave accident de la route. Puis hier soir, contre toute attente, il a ouvert les yeux. À ses parents qui pleuraient de joie, il a raconté qu'il avait fait un rêve : une petite fille l'avait ramené dans son corps et rendu à la vie. D'après les souvenirs de l'enfant, la fillette se prénommait Greta ; elle lui aurait dit qu'elle était de Misty Bay, une petite ville qui existe, en effet, sur la côte de la péninsule de Monterey, en Californie. Comment expliquer ce phénomène? Les médecins avancent différentes hypothèses…

L'article continuait, mais Robert négligea le reste. Les suppositions inutiles ne l'intéressaient pas. Lui seul possédait les pièces de ce puzzle, et il espérait le compléter bientôt. Les deux indices qu'il possédait concordaient parfaitement : un nom, Greta, et un lieu, Misty Bay.

Il examina la carte des États-Unis étalée sur sa table. Des cercles rouges marquaient les lieux où s'étaient produits les phénomènes qu'avaient relatés les journaux. En regard des cercles, des dates concernaient les dix dernières années. À première vue, il n'y avait pas de rapport entre tous les faits ; ils se produisaient çà et là. Mais en observant d'un peu plus près, ils semblaient converger, cette dernière année, vers un point bien précis : Misty Bay, Californie.

Misty Bay.

Retour à la case départ !

3

Bienvenue à Misty Bay

Douglas Macleod arriva à l'aéroport en début d'après-midi. L'arrêt des autocars était bien à l'endroit que lui avait indiqué son père. Par chance, il réussit à en attraper un sur le point de partir. En moins d'une heure, il serait à destination.

Misty Bay. Qu'allait-il y trouver?

La petite ville lui apparut d'un coup, comme à tous ceux qui arrivaient par la route. Il la vit surgir, lovée au fond de sa baie naturelle, tandis que le véhicule abordait une descente rapide, creusée dans une falaise. La pente était si raide que Douglas se demanda si les voitures ne risquaient pas de manquer les virages et de dégringoler dans le ravin!

Il referma sa revue *X-Men,* la rangea dans son sac à dos et épousseta les sempiternelles miettes de biscuits de son vêtement.

Tandis que l'autocar longeait des petites villas accrochées à la colline, Douglas pensa à son oncle, qui l'attendait probablement à l'arrêt du car. Il se nommait Kendred, mais il insistait pour qu'on l'appelât Ken, tout simplement, car il prétendait que ce prénom en entier donnait envie de bâiller. Le jeune garçon ne l'avait rencontré que quelques fois, lorsque son oncle était venu rendre visite à sa sœur, la mère de Douglas. Il était beaucoup plus âgé qu'elle et, entre ses études à l'université et le cours de leurs vies, le frère et la sœur n'avaient plus guère eu l'occasion de se fréquenter.

Puis, quand sa maman s'en était allée, il ne l'avait plus vu, bien qu'il lui ait parlé au téléphone à l'occasion de Noël. Pourtant, cet oncle avait volontiers accepté de le recevoir, cet été. Et c'est ainsi que Douglas se trouvait dans un autocar qui parcourait en ce moment les rues de Misty Bay, se dirigeant vers la côte, son terminus.

En effet, peu après, le car prit le dernier virage, aborda l'avenue bordant la mer et là-bas... Pas de doute, ce devait être la gare routière.

Lorsqu'il mit le pied sur le trottoir, Douglas fut aussitôt noyé dans la foule des parents et amis venus accueillir ses compagnons de trajet. Mais de l'oncle Ken, pas de trace. Il repéra son sac de voyage, bourré à craquer, parmi les bagages entassés au sol et tenta de le récupérer. C'est alors qu'il mit la main sur un prospectus, imprimé en lettres dorées sur fond noir, qui annonçait : « VOULEZ-VOUS CONNAÎTRE VOTRE AVENIR ? VOULEZ-VOUS SAVOIR COMMENT EXPLOITER AU MIEUX VOS POSSIBILITÉS IGNORÉES ? CONTACTEZ GRETA ROWLANDS, VOYANTE EXPÉRIMENTÉE EN HOROSCOPES ET LECTURE DES LIGNES DE LA MAIN. TÉLÉPHONE... »

— Douglas ? Salut, mon bonhomme, pardon de ce retard !

Le garçon leva les yeux et vit son oncle venir vers lui. Il ne portait pas ses habituels vêtements décontractés, mais un élégant costume gris et une cravate. Malgré cela, Douglas le reconnut aussitôt.

Ses cheveux étaient à peine plus gris que la dernière fois. Douglas se surprit à le comparer à Geppetto, tel qu'il apparaît dans le *Pinocchio* de Walt Disney. Il avait quelques années de plus que son père, c'est-à-dire une soixantaine d'années, et il était beaucoup plus mince. Son visage était voilé d'une tristesse qui s'envola quand il rejoignit Douglas.

Le garçon fourra en souriant le prospectus dans sa poche et récupéra son sac.

— Douglas ! Comment ça va, mon garçon ?

— Très bien, oncle Kendr... Ken. Comment va ma tante ?

— Toujours aussi rouspéteuse. Comme tu vois, rien de nouveau. Et l'école ? Ton père m'a dit que tu t'en sortais très bien !

— Euh, oui... Pas mal, merci !

Comme Douglas le craignait, le temps et l'éloignement avaient créé entre eux un léger embarras et la conversation languissait. Il ajouta alors :

— Quelle élégance, mon oncle ! C'est en mon honneur ?

L'homme redevint sérieux, et Douglas eut peur d'avoir gaffé. Ken sembla s'en apercevoir et expliqua :

— Je reviens d'un enterrement. Il y a deux jours, Susan Cooper, une amie d'enfance, est décédée.

— Et vous l'étiez encore ? Amis, je veux dire ? demanda Douglas.

— Eh bien, en réalité, on ne se voyait plus depuis des années. Cela pourra te sembler bizarre, dans une aussi petite ville... Tu sais, quand on est enfant, l'amitié se fonde sur la sympathie, la bonne entente et l'affection. Puis, on grandit et, pour certains, les façons de voir et de vivre se modifient...

Oncle Ken paraissait s'adresser davantage à lui-même qu'à Douglas. Il s'interrompit brusquement, comme s'il se rendait compte du sens de ses paroles au moment même où il les prononçait. Et maintenant, il remâchait ses propos en silence.

Douglas, de son côté, n'était pas très sûr d'avoir bien compris, mais cela le chiffonnait de voir son oncle dans cet état. Il essaya de le distraire de ses sombres pensées.

— Nous allons à la maison?

C'était justement le coup de pouce dont Ken avait besoin, car son visage s'éclaira de malice, comme chez celui qui garde une grande surprise en réserve :

— Pas tout de suite, Douglas. Je veux d'abord te montrer quelque chose...

La voiture de Ken arriva à la montée que l'autocar avait prise en descente tout à l'heure. Mais ils s'en écartèrent tout de suite pour emprunter une route secondaire et traversèrent un tunnel.

Ils longèrent un bon moment l'océan au pied de la haute falaise, et attaquèrent une côte beaucoup plus raide que celle que l'autocar avait prise. Le garçon commençait à trouver le temps long. C'était encore loin?

Enfin, ils atteignirent le haut de la falaise. La voiture traversa un plateau à la végétation sèche et stoppa à l'extrémité d'un cap, à pic sur la mer. Ken arrêta le moteur et fit un clin d'œil complice à Douglas. Puis, sans autre explication, il se laissa aller sur le dossier de son siège et se mit à nettoyer ses lunettes.

Douglas ouvrit la bouche, mais l'homme sourit et le fit taire, un doigt sur les lèvres.

— Patience, Douglas, patience...

Puis il se ravisa et ouvrit la portière.

— Descends, tu verras mieux! dit-il.

Perplexe, le garçon obéit et rejoignit son oncle au bord de la falaise. Pas tout à fait au bord, à vrai dire... Il souffrait de vertige et évitait l'altitude. Un rapide coup d'œil en bas lui suffit pour être très prudent.

Il observa son oncle, dont les yeux étaient rivés sur l'océan. Il fit de même et son regard se perdit sur l'horizon, tandis que son esprit revenait à son père et à sa mère. Il commençait à se demander s'il s'habituerait à un oncle aussi… spécial quand, tout à coup, les eaux s'ouvrirent et l'océan explosa.

L'écume retomba en grandes gerbes, révélant une énorme masse sombre, qui s'enfonçait dans l'eau, puis reparaissait à la surface. Plus loin, une autre explosion, puis une autre, et encore une autre…

— Des baleines ! exulta Ken. Elles passent toujours nous saluer à cette époque de l'année. Elles ont deux jours de retard, mais j'ai voulu t'emmener ici quand même… Je me disais qu'avec un peu de chance… Et les voilà ! Qu'en penses-tu ?

Quand Douglas s'était demandé quel genre d'homme était son oncle, il s'était fait sa petite idée. Maintenant, pas de doute, Ken était un drôle de type !

Puis il sentit son visage ruisselant d'embruns : les baleines lui envoyaient leur souffle, porté jusqu'à lui par le vent. Il aurait dû avoir le réflexe de se protéger la tête, mais il laissa ses cheveux se tremper d'humidité, tandis que dans son esprit affleurait une autre image, celle d'un baptême. Oui, c'était comme si Misty Bay lui souhaitait la bienvenue.

Pour la première fois depuis son arrivée, il se sentit moins étranger à ce lieu et spontanément murmura :

— Salut, Misty Bay. Je suis là !

Mais si bas que son oncle ne l'entendit pas.

4
Un inconnu dans le brouillard

Sur le trajet du retour, le soleil commença à décliner. Une brume épaisse s'éleva de la mer. Le paysage changea très vite d'aspect et devint fantomatique. Les rues se vidaient peu à peu et les petites maisons se noyaient dans le brouillard. Les nuées, dans leur mouvement rapide et compact, prenaient l'allure d'un géant remontant jusqu'à son cou une couverture de laine blanche.

Ken alluma les phares.

— Désolé, Douglas, nous allons devoir faire un crochet jusqu'à la rue principale, celle que tu as prise en autocar. J'ai peur que ce fichu brouillard me fasse louper un vilain virage…

Ils reprirent de nouveau la montée en direction de la falaise.

Soudain, un coup de vent troua en partie la brume et, avant qu'ils attaquent la descente, Douglas crut distinguer une silhouette marchant à leur hauteur, sur le pré.

Ken n'y prêta pas attention, sifflotant comme si de rien n'était.

Soudain, la silhouette fit irruption devant eux, les yeux brillants comme ceux d'un chat.

— Hé ! Freine !

Ken pila et s'arrêta à quelques centimètres d'une masse sombre : c'était un jeune garçon à lunettes. « Ah ! C'était donc ce binoclard qui brillait dans le noir », pensa Douglas.

L'adolescent vint frapper à la vitre de la portière de Ken.

— Monsieur Halloway, vous voulez bien me prendre en stop?

Le ton du garçon était poli, mais son sourire trahissait une légère inquiétude. «Il n'a pas l'air tranquille, se dit Douglas, et comme il est essoufflé!»

— Nom d'un chien, Peter, j'aurais pu te renverser!

Ken le fit monter à l'arrière. Douglas aperçut alors d'autres silhouettes en mouvement, sur le pré, sans pouvoir distinguer les visages. Certaines étaient pliées en deux, comme pour calmer un point de côté. «Qu'est-ce qu'ils ont dû cavaler!»

— Alors, Peter Peaky, tu peux m'expliquer?

— Rien d'important, monsieur Halloway. Si ce n'est pas trop vous demander, vous pourriez me ramener chez moi? répondit Peter, dont les yeux continuaient à fouiller le brouillard, le nez collé à la vitre.

Mais Ken avait eu si peur qu'il voulut avoir le fin mot de l'histoire.

— Peter, ça ne te ressemble pas... Tu as des types aux trousses, pas vrai?

Il ralentit et fit mine de vouloir descendre de la voiture.

— Non, non, je vous en prie. Si vous leur parlez, ils ne me laisseront plus en paix!

— Mais qui donc, Peter? Que se passe-t-il?

— C'est Lance Honeygood, avec sa bande! Il sait qu'il devra redoubler l'année prochaine. Alors, il s'en prend à moi!

Ken sourit.

— Oh, si c'est comme ça, félicitations!

— Et pourquoi donc? balbutia Peter Peaky, surpris.

Ken passa la première vitesse en faisant remarquer :

— Eh bien, j'imagine que, cette année encore, tu as été le premier de la classe, pas vrai?

Peter baissa les yeux, un petit sourire aux lèvres.

— Ben... oui, c'est vrai!

— Peter, voici mon neveu Douglas.

— Salut, fit Douglas.

— Il habitera chez moi quelques semaines. Viens donc dîner avec nous. Je crois que tu pourras, mieux que moi, l'aider à s'adapter à notre ville.

La voiture repartit. Douglas serra la main de Peter, qui ne lui avait pas encore jeté un regard, trop occupé à scruter l'extérieur. Peter le regarda enfin en face, d'abord avec inquiétude, puis avec un visage plus serein.

Malgré l'obscurité, il sembla que Peter rougissait un peu.

— Content de te rencontrer, Douglas. Désolé que notre première rencontre ait été aussi... rocambolesque!

— Oh, laisse tomber, répondit Douglas. J'habite une maison assez isolée et je te jure qu'il y a des jours où je donnerais cher pour avoir des copains comme les tiens!

Peter sourit et sa poignée de main se fit plus forte.

Arrivés chez Ken, ils étaient déjà une paire d'amis.

5

L'arrivée à la maison

— Oooh, Douglas ! Quel plaisir de te revoir, s'écria la corpulente tante Hettie, en serrant son neveu contre elle.

Puis elle lança un coup d'œil à son mari :

— Vous en avez mis, du temps ! Ah, ah ! Tu l'as emmené voir les baleines, je parie ! J'y ai droit tous les ans depuis que je suis mariée. C'est une idée fixe, ma parole !

Douglas sourit, car dans le dos de sa femme, oncle Ken faisait des grimaces. Elle se retourna d'un coup, mais il regardait le plafond, les mains derrière le dos. Douglas supposa que c'était un petit jeu auquel il se livrait depuis des années. À travers le brouillard, tante Hettie aperçut alors Peter, debout devant la porte.

— Oh, Peter, tu es là aussi ? Entre, mon bonhomme, tu vas t'enrhumer !

— C'est très gentil, madame… répondit Peter, avec un petit salut de tête. Je n'aurais pas osé m'inviter, mais votre mari…

Il n'eut pas le temps de finir. Tante Hettie le souleva de terre, le déposa à l'intérieur et lui retira son gilet. Peter se sentait pris dans une tornade.

— Oh, mais Ken a très bien fait ! le rassura-t-elle. Tu sais, je voulais faire bonne impression à Douglas. Mais tu peux te joindre à nous, il y a à manger pour un régiment !

Elle ferma la porte et poussa tout son monde dans la salle à manger :

— Vite, vite, allez vous laver les mains et à table! Ken, indique-leur la salle de bains. Oh, Peter... appelle tes parents pour leur dire que tu manges ici!

Le dîner se déroula agréablement, des lasagnes au four jusqu'à la tarte aux pommes. Douglas commençait à s'habituer à la façon de parler de Peter et remarqua que, malgré ses bonnes manières, il se comportait curieusement, lui aussi. Avant de s'asseoir à table, il avait réclamé une assiette en plastique dans laquelle il avait ramassé tous les restes pour ses deux chats. Il avait même renoncé à quelques bons morceaux pour eux.

À ses silences, Douglas devinait que son oncle pensait encore à Susan Cooper, son amie décédée. Il comprit que Ken aurait voulu en parler, mais qu'il n'osait pas le faire, pour ne pas attrister les garçons. Ce fut sa tante qui débloqua la situation.

— Alors, Ken, as-tu appris quelque chose à propos de la petite-fille de Susan?

L'oncle Ken, qui s'efforçait de paraître de bonne humeur, s'assombrit.

— Non, on ne sait rien encore, malheureusement!

Puis, se tournant vers Douglas :

— Vois-tu, mon petit, cette amie dont nous parlons était veuve depuis plusieurs années, mais elle avait la garde de sa petite-fille, Crystal. Depuis le jour de sa mort, la gamine a disparu...

— Disparu? On l'a enlevée?

— Je ne crois pas. Peter a peut-être une petite idée. Crystal est une copine de classe...

Se sentant visé par la question, Peter s'essuya les lèvres avec sa serviette et reposa sa part de tarte.

— Je ne sais rien non plus, monsieur Halloway. J'imagine seulement que Crystal a peur d'être confiée à un orphelinat. Vous savez bien qu'elle n'a pas d'autre famille.

— Oh, mais c'est terrible! s'écria tante Hettie. Alors, tu crois qu'elle se terre dans un coin sale et humide de la ville, exposée à qui sait quels dangers?

— Oui, ça se pourrait bien! Mais je sais que son rêve est de devenir actrice. Elle est peut-être allée à Hollywood!

— Oh, c'est terrible! répéta la bonne tante. Toute seule à Hollywood! Ken, il faut ab-so-lu-ment la retrouver! Passer des annonces sur les télévisions nationales. Il faut la rassurer, lui dire qu'elle n'a rien à craindre et lui demander de rentrer chez elle.

— Elle n'a pas tort d'être inquiète sur son sort, répliqua oncle Ken. À la bibliothèque, nous avons imprimé et distribué des avis, mais cela n'a pas servi à grand-chose…

À la fin du repas, oncle Ken conduisit Douglas jusqu'à sa chambre.

— Venez, les enfants, je vous montre le chemin, dit-il en montant l'escalier de bois. Tu vois, Douglas, les chambres à coucher sont au premier étage. Ta chambre est celle que j'occupais quand j'avais ton âge…

Oncle Ken précéda Douglas le long du couloir, où les portes donnaient sur les chambres. Celle de Douglas était tout au fond, mais il fallait encore monter trois marches pour atteindre une vieille porte en bois, au linteau supérieur arrondi. Avant de l'ouvrir, oncle Ken se retourna et fit un clin d'œil à Douglas :

— Hum, j'espère que les toiles d'araignée ne te dérangent pas…

Il ouvrit la porte.

À son arrivée, Douglas avait remarqué, sur la partie droite de l'étage de la maison, une grande coupole qui ressemblait beaucoup à un observatoire astronomique. En voyant l'intérieur de la chambre, Douglas s'exclama : «Waouh! Oncle Ken, c'est fantastique!» car le plancher était jonché de vieux jouets. Sur la gauche, il y avait une armoire et un haut lit d'une place et demie, couvert d'un édredon de couleur vive. Sur l'autre côté, une bibliothèque occupait tout le mur. Et devant la coupole étaient dressés trois télescopes. Du plafond pendait une série de cercles concentriques, des boules colorées en papier mâché, de différentes dimensions, avec, au centre, une sphère jaune vif : le système solaire! Et aucune trace de toile d'araignée!

— Oncle Ken... je suis sans voix!

— Douglas, j'en transpire d'envie par tous les pores! chuchota Peter.

— J'ai toujours été passionné d'astronomie! dit l'oncle Ken en entrant dans la pièce. D'astronomie et de livres, je dois préciser. Vous n'en voyez ici qu'une petite partie...

Il caressa les livres du bout des doigts.

— Les autres, je les ai dans ma grande bibliothèque. Il faudra venir les voir demain. J'ai une collection de livres anciens très rares...

Oncle Ken s'interrompit, s'apercevant que son neveu était trop abasourdi pour penser à sa bibliothèque.

Douglas s'était laissé tomber sur le lit et faisait des bonds tout en regardant autour de lui.

— Nom d'un chien, quelle merveille! C'est fabuleux!

— Zut alors, Doug! dit Peter, en louchant dans un télescope. D'ici je peux apercevoir mes parents qui regardent la télévision!

— Pas possible! fit Douglas en s'approchant. Fais voir!

Oncle Ken se retira sur la pointe des pieds. Les deux garçons avaient largement de quoi s'occuper toute la soirée…

Plus tard, après avoir remercié la tante de Douglas pour son excellent dîner, Peter s'en alla avec les restes du repas pour les chats.

Tout en cheminant dans le brouillard, un peu moins épais maintenant, à la lumière des réverbères, le jeune garçon était heureux. Timide et réservé, il passait la majeure partie de son temps avec sa mère et ses amies, qui venaient jouer au bridge tous les après-midi. Mais maintenant qu'était arrivé ce garçon joufflu, il sentait que cet été serait moins ennuyeux que les précédents. Et, même, il risquait d'être passionnant. Il ne savait pas à quel point il avait raison!

Les maisons sur la colline de Misty Bay étaient presque toutes semblables, la coupole mise à part. Comme pour Douglas, la chambre à coucher chez Peter se trouvait à l'étage. Avant de se mettre au lit, il transvasa la meilleure partie des reliefs du repas (auxquels la bonne tante avait ajouté une belle cuisse de poulet) dans une boîte en plastique, qu'il ferma hermétiquement et plaça sur le rebord de la fenêtre, près d'une branche de cerisier. Puis il alla se coucher.

«Évidemment, nous avons tous nos petites faiblesses», pensa Douglas, en observant son nouvel ami au télescope. Détachant son regard, il sourit. Il récupéra son pyjama dans son sac et se prépara pour la nuit.

6

Une incursion dans le passé

Il était tard. Pourtant, Mark Warrick refaisait ses comptes pour la énième fois. Il raccrocha le téléphone au nez de quelqu'un qui lui demandait des délais de paiement : si l'affaire était trop grosse pour lui, il n'avait qu'à y penser plus tôt !

Il n'en avait pas toujours été ainsi. Autrefois, dans sa jeunesse, il croyait en des idéaux comme l'altruisme, l'honnêteté, l'amitié… Aujourd'hui, l'altruisme s'était transformé en intérêt, l'honnêteté en manque de scrupules, quant à l'amitié…

Dans l'après-midi, il avait eu un rendez-vous, du genre de ceux qu'on ne peut refuser, avec une vieille amie : son enterrement. Mais il n'y était pas allé. Du reste, il ne pouvait plus rien pour Susan Cooper. Il avait du travail à terminer… et le travail n'attend pas.

Et pourtant…

L'homme se leva de son bureau, traversa la vaste pièce aménagée avec des meubles anciens venus d'Europe et s'approcha de la fenêtre. Il écarta le rideau. Situé comme il l'était au sommet de la colline, il embrassait d'un seul regard tout Misty Bay jusqu'au port, prolongé par cette masse laineuse qui enveloppait l'océan.

Il se souvint alors de son enfance et de ses vieux amis : Susan, par exemple, mais surtout Greta, pour laquelle il avait toujours eu un petit faible. Cette chère vieille Greta, si superstitieuse... Observant la pleine lune, l'une de ses recommandations lui revint à l'esprit : «Ne regarde jamais par la fenêtre par une nuit de pleine lune, quand les forces du mal errent sur les pontons déserts où sont amarrés les bateaux, et qu'elles s'insinuent dans les rues humides et silencieuses. Ne regarde pas au-dehors, car tôt ou tard tu les verras, ces forces du mal. Et si tu les vois, elles te verront aussi!»

Mark Warrick eut un sourire mélancolique et passa une main sur ses yeux fatigués.

Un bruit.

Inquiet, il se retourna, mais dans la semi-obscurité du bureau, il ne distingua rien de suspect. Ses yeux se posèrent sur sa table de travail, à l'autre bout de la pièce, et il se reprocha de s'être éloigné de la lampe de bureau.

«Du calme, se dit-il, du calme. Ce n'est qu'un petit craquement, un ver du bois, par exemple, ou ces vieux meubles...» D'habitude, il n'était pas peureux, alors pourquoi ce soir?

En guise de défi à sa stupide inquiétude, il se dirigea vers sa table et éteignit la lampe. Il connaissait parfaitement la maison : l'interrupteur du couloir était juste à la porte du bureau.

Une sonnerie forte et sonore résonna.

«Le téléphone, rien que le téléphone, se dit-il. Calme-toi, qu'est-ce qu'il te prend?»

— Allô?

Sa voix était rauque. Il se racla la gorge. Aucune réponse au bout du fil.

— Allô? Allô? Vous croyez que c'est l'heure de faire des plaisanteries stupides?

Toujours rien, sinon un léger ronflement.

Il allait raccrocher quand il changea d'idée : il appuya

simplement l'index sur le contact, pour couper la communication.

Il attendit un instant et releva son doigt. Toujours rien de l'autre côté. Pas vraiment «rien» pourtant, car il percevait, en un écho lointain, un son mélodieux qui lui semblait familier. Il approcha le plus possible le récepteur de son oreille et, subitement, il eut la certitude qu'il y avait quelqu'un à l'appareil.

Une mélodie lui parvenait, de plus en plus distincte : c'était une fillette qui chantait... Elle chantait une chanson qu'il n'avait pas entendue depuis très longtemps. Puis la voix d'un garçon, plus proche maintenant, qui comptait : «Une... deux... trois...» comme lorsqu'on joue à cache-cache. Et maintenant, un chœur d'enfants... et un serment. De ce chœur se détacha une voix, *sa voix*. La voix qui était la sienne, soixante ans auparavant.

— Qui es-tu? Qui es-tu? Que me veux-tu? dit l'homme d'une voix rauque et tendue.

Les chuchotements s'interrompirent. De nouveau le silence. Puis le fracas de l'océan, les vagues qui se brisaient contre la falaise et le déchaînement de l'orage.

Soudain, une voix d'homme :

— Angus Scrimm, tu te souviens?

Mark ressentit une violente douleur dans la poitrine. Il voulait répondre, mais ne le pouvait pas. Il balbutia enfin :

— Non, ce n'est pas possible... Tu es mort, mort!

— Non! *Toi,* tu es mort!

Douglas ouvrit brusquement les yeux. Il était assis sur son lit, les pieds pendants à l'extérieur.

Il avait froid. Il passa une main sur son pyjama et s'aperçut qu'il était trempé de sueur.

Il avait dû faire un cauchemar (ou peut-être était-ce un de ses épisodes habituels d'extra-corporalité, car il ne se souvenait de rien). D'ailleurs, quelque chose l'avait réveillé : une plainte, un genre de miaulement. Il resta un moment immobile dans la chambre silencieuse, l'oreille tendue vers le petit bruit.

Et, finalement, il l'entendit.

C'était vraiment un miaulement, comme une plainte.

Il descendit du lit, attrapa un gilet. Tout en l'enfilant, il entrouvrit la porte de sa chambre. Rien que le silence.

Non, le bruit, de nouveau. Cela venait d'en bas.

Il gagna l'escalier et commença à descendre. La maison était plongée dans le noir, seuls quelques rais de lumière provenaient des réverbères de la rue. Et l'éclat bleuté d'un téléviseur allumé, au rez-de-chaussée.

Quand il posa le pied sur le plancher de bois, Douglas reconnut dans le miaulement la voix de son oncle. Il avança sur le seuil et le vit, endormi sur le divan, devant l'écran allumé ; le programme était terminé, la chaîne n'émettait plus.

Il se rassura. Un cauchemar. Oncle Ken faisait un cauchemar, voilà tout.

Devait-il le réveiller?

— Non!

Douglas s'immobilisa. C'était oncle Ken qui avait parlé. Puis encore un miaulement.

Et encore :

— Les Invisibles… non… Les Invisibles…

Douglas se sentit glacé.

Comment était-ce possible? Les Invisibles, c'était le nom de cette bande d'enfants, dans le film de l'avion… et dans son rêve aussi. Non, c'était impossible!

— Non, c'est fini, Damon… fini…!

Douglas ne put en supporter davantage.

— Oncle Ken, oncle Ken, réveille-toi ! lui cria-t-il en lui secouant le bras.

— Quoi ?... Que se passe-t-il ?

— Tu as dû faire un cauchemar, tu parlais de quelque chose d'invisible...

— Quelque chose... d'invisible ?

L'étonnement de l'oncle Ken ne dura qu'un instant. Il battit des paupières et regarda fixement son neveu. Il sourit.

— Excuse-moi, Douglas, si je t'ai réveillé. C'était un cauchemar, bien sûr, ne t'inquiète pas !

— Mais... mais...

Le garçon paraissant un peu ébranlé, l'oncle Ken se leva et le prit par la main.

— Calme-toi, Douglas. Viens dans la cuisine, nous allons boire une tasse de lait au miel. C'était un mauvais rêve, et les rêves ne peuvent nous faire du mal. Ce ne sont que des produits de notre imagination.

Dans la cuisine, oncle Ken alluma la lumière, ouvrit le frigo et prit du lait qu'il mit à chauffer dans une petite casserole.

— Ils n'ont de sens que si quelque chose te turlupine. Mais plus souvent encore ils signifient... que tu as trop mangé, ajouta-t-il en souriant. Et comme tu connais ta tante, cela risque de t'arriver souvent !

Ken remplit deux grandes tasses de lait chaud, auquel il ajouta deux grosses cuillerées de miel. Il en tendit une à Douglas.

— Oui, oui, je sais, dit Douglas, après en avoir bu une longue gorgée. C'est que... ce que tu as dit m'a rappelé un rêve que j'ai fait, moi aussi...

— Eh bien, ça ne m'étonne pas, l'interrompit Ken d'un petit air innocent. Tu sais, je l'ai lu dans un livre : il arrive souvent que deux personnes fassent le même rêve. Surtout s'ils sont proches, et parents par exemple. Je ne sais pas, ils doivent s'influencer l'un l'autre, une sorte, une sorte de...

— Télépathie?

— C'est ça! juste le mot que je cherchais!

Douglas se sentait un peu mieux. Il se souvint que son oncle lui avait parlé de sa bibliothèque et il ne l'avait même pas écouté, tant sa chambre le fascinait. Il voulut se rattraper.

— À propos, oncle Ken, la bibliothèque... Tout est vraiment à toi?...

Le visage de Ken s'éclaira.

— Non, ce n'est pas vraiment ça. Tu sais, mes grands-parents étaient des gens aisés et j'ai utilisé une grande partie de l'argent qu'ils m'ont laissé pour acheter des livres rares, de-ci, de là, de par le monde. Au bout d'un moment, j'en avais tellement collectionné que j'ai dû en faire profiter d'autres personnes. Sinon, où les aurais-je mis?

— Et ça t'est venu comment, cette passion des livres anciens? Tu n'étais pas passionné d'astronomie?

Oncle Ken partit d'un rire franc et spontané qui réchauffa davantage Douglas que le lait.

— Si, c'est vrai, j'étais aussi passionné d'astronomie. Mais ces deux passions sont nées ensemble. Ensuite, l'intérêt pour l'astronomie m'a quitté, mais pas celui pour les livres... Pour les livres et les histoires. C'est un amour profond que j'essaie de communiquer aux autres. C'est pour cela que j'ai ouvert une bibliothèque. Et que j'organise souvent des lectures, pour entretenir chez les gens l'envie de rêver. Tu devrais venir, je suis sûr que ça te plaira.

Ken était enthousiaste. C'était sûrement un idéaliste inguérissable.

— Les histoires, Douglas... Si tu savais comme elles sont importantes! Elles renferment le sens des choses, des personnes... Dès notre naissance, le monde nous parle et cela par les histoires. Il suffit de coller son oreille aux murs de la maison pour qu'elle te raconte tout sur les gens qui l'ont habitée ou qui l'habitent encore aujourd'hui. Et c'est le même langage que parlent l'herbe, la terre...

Oncle Ken s'interrompit, observant le verre de lait qu'il tenait à la main, comme s'il y cherchait le sens de ce qu'il venait de dire.

— ... Et ce sont les histoires, reprit-il, qui nous permettent de nous évader par la pensée, d'échapper à la monotonie et de nourrir notre imagination, qui est un bien précieux, à conserver et à développer. Et les livres te racontent des histoires qui ont quelque chose de magique, qui suscitent l'émotion, qui...

Il cherchait le mot juste, mais son regard tomba sur l'horloge à coucou.

— Oh! là là! Douglas, il est tard, et je fais de grands discours!

Il se leva et le poussa hors de la cuisine.

— Hé, mais tu es descendu sans pantoufles. Tu dois avoir les pieds comme deux glaçons!

La tête de Douglas résonnait encore de toutes ces paroles. Et c'est vrai, il n'avait pas mis ses chaussons! Il sourit et demanda :

— Tu montes dormir, toi aussi, oncle Ken?

Ken le regarda et, dans la pénombre, son regard semblait plus las.

— Non, Douglas, je vais rester encore un peu pour écrire mon journal. Cela aussi, c'est une vieille habitude, je le fais chaque soir... Et, qui sait? Peut-être qu'après avoir lu tant d'histoires, je pourrais avoir envie d'en écrire une, moi aussi...

— Oncle Ken, je voulais te demander quelque chose, mais j'hésite… dit le garçon.

— Courage, dis-moi ce que tu veux.

— Me parleras-tu un peu de ma mère?

Oncle Ken hocha lentement la tête, avec un doux sourire.

Plus tard, Douglas revint sous sa couette. Il se tourna d'un côté, de l'autre, les yeux grands ouverts. Avoir entendu parler de sa mère l'avait empli de joie, mais il se sentait encore troublé. Peut-être un reste de cauchemar.

«Les rêves ne peuvent pas faire de mal», avait dit son oncle. «J'espère qu'il a raison», se dit-il. Là-dessus, il ferma les yeux et s'endormit.

7

Un allié mystérieux

Le lendemain, Peter se présenta de bonne heure à la porte de Douglas pour faire avec lui le tour de la ville.

— Où allons-nous? demanda Douglas, tout excité, en enfilant un gilet léger sur son polo.

— Bof... répondit Peter, il n'y a pas grand-chose d'intéressant à Misty Bay... Un musée naval, un beau parc aquatique – mais il ne fait pas encore assez chaud, je crois. Je dirais que la meilleure attraction en ce moment, ce sont les grottes dont est farcie la colline...

— Bip! fit Douglas.

— Tu dis quoi, là?

— Bip! OK! Stop! Bingo! Des grottes, tu dis? Et des cavernes, peut-être? hasarda-t-il, plein d'espoir.

— Oui, en effet, des cavernes. Mais la plupart ne sont accessibles que par la mer. Pour y arriver, il faudrait une barque...

— Bon, tu dis «la plupart». Mais les autres?

— D'accord, tu as gagné. Allons chez moi, nous y prendrons des torches électriques et l'équipement nécessaire.

Douglas leva les bras en V, comme Victoire!

— You hou! Tu es super, Peter! Équipement, tu as dit?

Peter le regarda à travers les verres épais de ses lunettes, avec un petit sourire malin :

— Eh bien, des sandwichs, par exemple…

— Bien parlé, Peter! Tu as pensé à faire de la politique un jour? Ou devenir maire… Que dis-je? Gouverneur, et même…

Les deux garçons prirent illico le chemin de la maison de Peter après que Douglas eut récupéré son sac à dos et pris deux cannettes de jus de fruits dans le frigo.

Peu après, ils se frayaient un chemin parmi les broussailles de la partie aride de la colline et se dirigeaient vers le côté nord de la falaise. Aucun des deux ne s'aperçut qu'ils étaient suivis par une silhouette agile et silencieuse.

— Doug, dit brusquement Peter, je voudrais attirer ton attention sur les manifestations géodynamiques propres aux sols karstiques.

— Oui, et alors? interrogea Douglas, perplexe.

— Dans les sols karstiques, l'anhydride carbonique contenu dans l'eau attaque le carbonate de calcium, formant du bicarbonate soluble, à l'origine de fréquentes dolines qui…

— Bon… Et après? insista Douglas.

Peter l'attrapa par son sac à dos.

— Je veux dire qu'à partir d'ici le sol de la falaise est truffé de trous et de fissures. Regarde!

Et il lui montra qu'il allait poser le pied… sur une faille profonde, qui s'ouvrait sur l'océan.

— Holà! s'écria Douglas, en faisant un bond en arrière. Dis donc, veux-tu me rendre service, un gros, un très gros service?

— Volontiers.

— La prochaine fois que je vais fourrer mon pied dans un trou pareil… et il avala avec peine sa salive.

— Eh bien?

— Eh bien, crie-moi STOP! D'accord? STOP! Ça suffira!

Peter sourit.

— Tu trouves que je parle trop?

— Parfois oui, mon vieux. Seulement parfois.

Peter se mit à rire et reprit sa marche sur le bord de la falaise. Là-haut, le vent soufflait assez fort. Douglas se demanda si cela avait été une bonne idée de venir. Soudain, Peter annonça :

— Ça y est, nous y sommes!

Il se retourna en souriant pour observer Douglas qui avançait, plié en deux, le dos tourné à l'océan, les mains fermement agrippées à la roche.

— Nous y sommes? Où ça? Je ne vois que roches et herbes sèches!

Peter fit un pas de côté et écarta les branches d'un gros buisson, découvrant un large trou noir.

— Tu es fou? protesta Douglas. D'abord, on n'y passe pas forcément. Ensuite... ensuite ce n'est pas sûr qu'on y passe et... euh...

— Hou, le froussard! le défia Peter.

— Froussard, moi! répliqua Douglas, indigné.

— Ah, bon, je croyais! répondit Peter.

Et il s'engagea, les pieds en avant, dans le trou.

— Peter? Hé, Peter... c'est profond là-dedans?

Pas de réponse. «Au diable, pensa Douglas, je ne vais pas avoir l'air du rondouillard trouillard...» Et il se faufila dans le trou, par lequel il passait très bien, hélas!

Il se laissa glisser jusqu'à ce que la lumière, qui filtrait derrière lui par l'ouverture, se fût peu à peu affaiblie. Il se demanda si Peter contrôlait bien la situation, si la balade n'était pas trop dangereuse... et s'ils en sortiraient vivants!

Il perçut soudain des éclats de lumière, des images confuses, de la pluie, des éclairs et des cris. Il se sentit soudain agrippé par quelque chose et beugla comme un veau.

— Calme-toi, Douglas, calme-toi!

Peter alluma sa torche, éclairant la paroi d'un faisceau de lumière.

Douglas n'en croyait pas ses yeux. Il se rendit compte que l'entrée de la caverne n'était guère qu'à quatre ou cinq mètres derrière lui. Et la lumière qui en arrivait suffisait à les éclairer légèrement.

— Peter, c'était terrible : j'ai eu l'impression de dégringoler dans le noir absolu, de glisser sur des dizaines de mètres, et...

— Du calme, Doug, répéta Peter, en lui tapotant l'épaule. Peut-être le passage de la pleine lumière à l'obscurité a-t-il été un peu rapide et ton imagination a fait le reste.

Mais ce qu'il avait vu était-il dû à son imagination? Et cette atmosphère, la même que celle de son cauchemar en avion!...

Pourtant, il ne voulait pas passer pour un dingue aux yeux de son nouvel ami. Il préféra laisser tomber.

— Tu as raison, Peter... mon imagination me joue des tours.

— On peut sortir si tu ne te sens pas d'attaque!

— Non, non, ça va, c'est passé. Tu sais, je souffre un peu de vertige. Maintenant, je me sens tout à fait bien.

Et, pour rassurer son ami, il regarda le fond de la grotte, derrière Peter, et ajouta :

— Alors, on va par là?

— D'accord! répondit son ami, en pointant la torche dans cette direction. Reste sur mes talons.

Douglas se leva et suivit Peter tout le long de la petite grotte, jusqu'à une autre faille, d'où provenaient une lueur et un bruit d'eau courante. Il resta sans voix : l'ouverture donnait sur une véritable caverne, présentant plusieurs bifurcations. La voûte était constellée de stalactites. La lumière du jour filtrait par des brèches. Plus loin, il découvrit l'origine du fracas : un torrent souterrain jaillissait d'une anfractuosité de la roche.

— Ultra super fantastique ! Trop beau ! s'exclama Douglas, tout en suivant Peter dans la vaste salle naturelle.

En se retournant, il remarqua, à l'extérieur de la fente par laquelle ils étaient entrés, un amoncellement de rochers et de cailloux, comme si l'accès à la plus grande caverne avait été produit par un éboulement ou une explosion. Un refuge de pirates, autrefois, peut-être ?

— Cet endroit est vraiment magnifique, Peter. Tu es le seul à le connaître ?

Peter était au centre de la caverne et observait le sol d'un air soucieux.

— Je le croyais… avec aussi une personne qui m'est chère. Mais je vois que je me suis trompé.

Douglas le rejoignit et comprit ce que son ami voulait dire : les restes d'un feu, une bouteille de bière, des revues pour adultes indiquaient qu'il y avait bien eu quelqu'un ici.

— Hé, Lance, regarde un peu qui vient fourrer son nez dans notre base secrète !

Les deux amis levèrent les yeux vers l'entrée : les cinq ouvertures laissaient entrevoir les visages de jeunes plus âgés, ceux-là mêmes qui avaient suivi Peter la veille.

— Tu l'as dit, Marv. C'est une violation de propriété, on ne peut avoir confiance en personne !

Une foule de sentiments traversa Douglas. Pourquoi ne pas leur promettre de ne plus mettre les pieds ici ? Il était même prêt à faire ou à dire ce qu'ils voudraient. Mais tout cela n'était rien à côté de ce qu'il entendit Peter répondre :

— Les grottes sont à tout le monde, non ? Et je les ai découvertes bien avant vous !

— Euh… Peter, murmura Douglas. Écoute, on ne peut pas leur dire qu'on ne fait que passer et qu'on s'en va ?

— Et puis quoi encore? Ce sont eux, les intrus, et ils ne me font pas peur!

— Ça suffit, espèces de nains! Vous l'aurez cherché!

Brusquement, les cinq têtes se retirèrent des ouvertures.

— Bravo, Peter, nous voilà bien, commença à geindre Douglas, jetant des regards autour de lui pour s'échapper.

— Encore une fois, Douglas, garde ton calme…

— Pourquoi? Tu veux me dire comment nous allons nous en sortir?

L'oreille tendue, surveillant les accès à leur salle, Peter éteignit sa torche et tendit la main à Douglas.

— Doug, tu as confiance en moi?

— Non! hurla Douglas.

L'autre sourit.

— Je ne mentais pas quand je disais que j'étais venu ici avant eux. Je connais un passage qui nous permettra de gagner la sortie en un clin d'œil. Éteins ta torche et suis-moi.

— Éteindre la torche… répéta mécaniquement Douglas.

— Éteins, bon sang, et donne-moi la main!

Douglas se dit qu'il signait sa propre condamnation à mort, mais il obéit. Il se sentit entraîné à travers la galerie, tandis que résonnaient les cris menaçants et les rires de Lance et de sa bande.

Maintenant, ils se trouvaient dans le noir absolu. Douglas se sentit ballotté de droite et de gauche, puis poussé de nouveau à droite. Il admirait de plus en plus ce grand binoclard maigre qui savait si bien se déplacer dans l'obscurité.

Parfois, il voyait un faisceau de lumière venant on ne sait d'où, tandis qu'une voix tonnait «Les voilà!» ou «Ils sont là!». Puis, plus alarmant : «On les tient, c'est une impasse!»

— Peter, susurra Douglas, le souffle court, Peter, tu es sûr…

Soudain, il entendit un piétinement dans son dos.

— Peter, Peter…

— Prêt à sauter?

— Hein?

Douglas n'eut pas le temps de réaliser que la terre manquait sous ses pieds. Il atterrit lourdement et faillit briser l'échine de son ami. Son cœur ne pouvait remonter à sa gorge, c'était scientifiquement impossible, il le savait… mais il renvoya quand même quelque chose par-dessus bord! Les deux copains reprirent leur course. Les cris de Lance et des siens étaient couverts par le grondement du ruisseau souterrain. À droite, encore à gauche… Ils s'arrêtèrent enfin.

Peter alluma sa torche. Devant eux, le «terrier» butait contre une paroi rocheuse et, sur le fond, s'ouvrait un passage d'où parvenaient les clapotis du torrent.

— Oh, oh, dit-il.

— Qu'est-ce que ça veut dire : oh, oh! Hein? Qu'est-ce que ça veut dire? hurla Douglas, d'un ton hystérique.

Peter le regarda, indécis.

Douglas se sentit pétrifié d'horreur.

— Tu t'es trompé de chemin. *Tu t'es trompé de chemin?* Où mène ce torrent souterrain?

Peter regarda l'ouverture d'où parvenait le clapotis.

— Euh, de la mer, je pense…

— Combien de chances avons-nous de nous en tirer?

— Tu veux dire : combien sur un million?

— Par là, les gars! ordonna une voix.

Douglas se retourna, ébloui par un faisceau de lumière dirigé en pleine figure. Il se souvint de la sensation d'avoir été suivi, tout à l'heure. La lumière se déplaça et glissa sur le tunnel d'où ils étaient venus.

— Cours derrière lui! lui hurla Peter, en le poussant rudement.

Douglas se tut et suivit cet inconnu qui tenait une torche allumée.

Ils remontèrent le tunnel sur une centaine de mètres. Douglas s'aperçut alors que la lumière qui le guidait l'éclairait maintenant par-derrière.

— Allez, bouge-toi, gros lard ! lui cria cet allié mystérieux, le poussant dans le dos.

— Ahaah ! hurla Douglas, car le contact de cette main lui avait donné une décharge électrique.

Ils arrivèrent à un endroit où le tunnel était plus large.

— Silence ! ordonna l'allié, en éteignant la torche.

Immédiatement, Douglas fut aveuglé par les torches de Lance et de ses amis qui couraient vers eux.

Douglas s'arrêta, mais une fois encore le mystérieux allié lui donna une bourrade, l'obligeant à avancer. Soudain, ils se trouvèrent à la hauteur de leurs poursuivants ! Sauf que la bande de Lance descendait le chemin alors qu'eux le montaient ! À un moment, Douglas passa si près de l'un d'eux qu'il lui donna un coup de genou. Mais l'autre ne s'aperçut de rien et continua à descendre le tunnel avec le reste de la bande.

« Comment a-t-il fait pour ne pas me voir ? »

Une brève course encore et ils virent enfin la lumière du soleil. Un dernier effort… et Douglas et Peter se retrouvèrent dehors.

Douglas reprit son souffle, appuyé à la paroi rocheuse. Son mystérieux sauveteur allait sortir à son tour. Mais rien. Personne.

— Allons-y, Doug, le pressa Peter, en se remettant à courir vers le sentier par où ils étaient montés.

— Mais comment… demanda Douglas en le suivant, essoufflé. On ne l'attend pas ? Tu ne veux pas savoir qui nous a tirés de là ?

— Je brûle de curiosité, mais je suis encore plus pressé de m'éloigner de Lance et de ses brutes!

«Bien vu», se dit Douglas, se retournant encore vers l'entrée de la grotte. Mais de l'inconnu, pas la moindre trace.

Lance Honeygood ouvrit les yeux.

Il était en équilibre sur le parapet, à deux pas de l'horloge surmontant l'Hôtel de ville.

Il avait froid. Tout en tâchant de garder son équilibre sur le rebord de marbre, il loucha vers le bas... et s'aperçut qu'il était nu comme un ver. Les autres étaient allés manger dans un fast-food et il leur avait dit qu'il les attendrait sur un banc, devant la mairie. Et maintenant...

La voix résonna encore à ses oreilles.

Elle lui dit que c'était *elle* qui l'avait placé là-haut et qu'il valait mieux, à l'avenir, que lui et sa bande flanquent la paix à Peter Peaky. Quelle réponse?

— O... Okay!

— Pas bien entendu!... reprit la voix.

— OKAY! hurla Lance, terrorisé. D'accord, je laisserai Peter Peaky tranquille! Personne de ma bande ne lui cherchera des poux!

La voix sembla satisfaite et lui dit qu'il pouvait appeler à l'aide, s'il voulait.

— Drôle d'affaire, hein? murmura Douglas à Peter.

Ils se dirigeaient vers la bibliothèque de Ken. De temps en temps, Douglas jetait un coup d'œil derrière lui.

— Je veux dire : sale aventure! Maintenant, nous n'allons plus pouvoir faire un pas sans tomber sur ces crétins!

— Hé, où courent donc ces enfants? demanda tout à coup Peter. On dirait qu'il y a eu quelque chose du côté de la mairie.

Ils entendirent alors le hululement d'une sirène, et un camion de pompiers passa en trombe, dans le sens où courait la bande.

Douglas et Peter se regardèrent. Un instant plus tard, ils couraient avec eux.

Arrivés sur la place, ils se figèrent d'étonnement.

Les pompiers venaient d'aider Lance – complètement nu ! – à descendre de l'horloge. Autour de lui se pressaient en rigolant les jeunes sortis de la salle de jeux et du fast-food.

Les deux amis s'approchèrent pour mieux lire l'écriteau que les pompiers lui retiraient du cou.

IL IMPORTUNAIT PETER PEAKY
IL NE LE FERA PLUS
Les Invisibles

Quelques-uns des ados reconnurent Peaky et vinrent le féliciter. Peter accrocha sur ses lèvres un léger sourire et la stupeur se peignit sur son visage. Mais Douglas, lui, était carrément stupéfait. « Les Invisibles, encore les Invisibles ! » pensa-t-il. Il s'écarta de Peter pour aller examiner de plus près l'écriteau qu'on avait jeté sur un des sièges du camion de pompiers.

Un homme s'approcha de Peter, l'entraîna à l'écart en le tirant par le bras.

— Hé, mon garçon, c'est toi, Peter Peaky ?

C'était un homme grand, aux cheveux clairs, avec des lunettes de soleil et une parka marron sans manches, dotée d'une incroyable quantité de poches et de sous-poches.

— En personne, monsieur !

— Tu es drôlement fort ! Que sais-tu de ces Invisibles ? Des amis à toi ?

— Bien sûr, inventa-t-il, assez fort pour qu'on puisse l'entendre. C'est une bande très puissante dans cette ville !

— Et tu en fais partie ?

— Je voudrais bien. Maintenant, salut, je dois y aller !

Le journaliste Robert Kershaw lâcha le bras du garçon, qui rejoignit son ami, le petit joufflu. Tous deux s'éloignèrent en discutant, très excités.

L'homme alluma une cigarette et sourit, satisfait. Il jeta son allumette, qui atterrit pile dans la poubelle.

8

Beaucoup de questions, peu de réponses

Avant le dîner, pendant que sa tante s'affairait dans la cuisine, Douglas raconta son aventure à l'oncle Ken.

Le téléphone sonna. Ken alla répondre.

— Greta ! Mais ça fait une éternité ! commença-t-il, mais son sourire se figea aussitôt. Quoi ? Je n'ai rien entendu à la radio. Mark... mort ? Calme-toi, Greta, je n'arrive pas à te suivre. Et pas de folles suppositions, veux-tu ? Qui pourrait vouloir éliminer les Invisibles, après tant d'années ? D'accord, d'accord, attends-moi. J'arrive.

Ken reposa le téléphone, l'air soucieux. Puis il croisa le regard de son neveu et se demanda si Douglas avait entendu et compris cette conversation.

De fait, Douglas l'avait entendu parler des Invisibles. Pourtant, la nuit précédente, Ken lui avait dit ne pas les connaître. Que lui cachait donc son oncle ?

Ken rejoignit son neveu, l'air détaché.

— Excuse-moi, Douglas, j'ai quelque chose à faire. Si ça ne t'ennuie pas, remettons la leçon d'astronomie à demain soir.

— Bien sûr, oncle Ken, répondit Douglas en souriant. Je vais rester ici pendant un petit mois... Et demain il y aura aussi Peter !

— Vous êtes devenus une paire d'amis, pas vrai ? demanda Ken en partant chercher son imperméable.

— Oui ! il est un peu bizarre, mais enfin... il est sympa !

Ken et Douglas rejoignirent Hettie dans la cuisine. Après une brève discussion, ils sortirent sur la véranda.

— Salut, Doug, bonne nuit. Bonne nuit à toi aussi, ma chérie...

Il voulut l'embrasser, mais elle se retira, l'air boudeur.

— C'est bon, va ! Mais n'en prends pas l'habitude, hein ?

Douglas et sa tante suivirent Ken des yeux tandis qu'il s'évanouissait dans le brouillard.

— Bonsoir, ma tante, dit brusquement Douglas, en décrochant son gilet du portemanteau de l'entrée.

— Comment ça, bonsoir ? Tu sors, toi aussi ?

— Euh... je ne t'avais pas prévenue ? Ce soir, c'est moi qui vais dîner chez Peter. Je ne rentrerai pas tard.

— Ça, alors, marmonna la brave femme. Tu as deux hommes à la maison et... pfft ! plus personne ! Ne tarde pas trop, hein ?

Douglas la salua encore et disparut, lui aussi, dans le brouillard.

Le garçon était désolé d'avoir fait faux bond à sa tante, mais il sentait que son oncle était soucieux. Quelque chose de grave avait dû se produire, et ça concernait ces mystérieux Invisibles, ceux de ses cauchemars, peut-être.

Il décida donc de le suivre.

Quelques minutes plus tard, il le vit sonner à la porte d'une maison. Une femme corpulente, aux longs cheveux noirs et vêtue à la bohémienne, lui ouvrit. Douglas distingua derrière elle un homme visiblement très préoccupé. Quand la porte se referma, Douglas s'approcha et lut une plaque dorée apposée sur la porte, au-dessus de la sonnette.

GRETA ROWLANDS, VOYANTE

HOROSCOPES, AVENIR ET LIGNES DE LA MAIN

Machinalement, il tira de sa poche le prospectus noir à inscriptions dorées qu'il avait trouvé à la descente de l'autocar, le jour de son arrivée.

Greta Rowlands, voyante, lut-il. En voilà une coïncidence !

L'arrière de la maison donnait sur un petit bois qui tapissait la colline. Le garçon pensa que c'était un point d'observation idéal pour se cacher et épier l'intérieur.

Se déplaçant dans les buissons, il monta un peu la pente, puis descendit vers l'arrière de la maison.

Soudain il perçut, sous une fenêtre entrouverte, qu'un buisson s'agitait. Douglas s'accroupit, ne sachant que faire. Il rampa lentement vers le buisson. Qui cela pouvait-il être ? Un voleur, peut-être ? Dans ce cas, il valait mieux décamper, non ? Pourtant quelque chose lui disait que ce n'était pas un voleur.

Soudain, des paroles murmurées à son oreille lui glacèrent le sang.

— Stop ! Ne bouge pas... ne te retourne pas ! Qu'est-ce que tu fais ici, gros lard, tu m'espionnes ?

Douglas allait protester, quand il lui vint une idée.

— Toi... tu es celui qui nous a sauvés, Peter et moi, de Lance et sa bande dans la grotte. Je me trompe ?

La question dut cueillir l'inconnu par surprise, car Douglas n'obtint pas de réponse. Il en profita pour se retourner. Personne.

Il ne s'avoua pas vaincu.

— Et c'est toi aussi qui as obligé Lance à monter à l'horloge de la mairie ?

Tout en parlant, il regardait autour de lui. Le mystérieux personnage avait disparu.

Il demanda encore :

— Je parie que tu fais partie de la bande des Invisibles, pas vrai ?

Douglas se tourna tout à fait et le vit, l'allié... ou plutôt l'alliée ! Car il avait en face de lui une fille d'à peu près son âge, aux cheveux roux attachés en queue-de-cheval, le visage constellé de taches de rousseur.

— Et toi, tu es le neveu de Kendred Halloway, non ? murmura-t-elle, en reprenant sa claire voix naturelle.

Douglas sourit et lui tendit la main.

— Salut, je m'appelle...

— Douglas Macleod, je sais déjà tout de toi, l'interrompit-elle, en ignorant sa main tendue. Je suis Crystal Cooper. Tu avais deviné ça aussi ?

— Euh, ravi que tu ne sois pas partie pour Hollywood. Puis-je te demander pourquoi tu espionnes mon oncle ?

— Écoute, mon petit, il se passe ici des choses qu'il vaut mieux ne pas savoir, crois-moi. Alors, file...

Mais Crystal se tut dès qu'elle saisit Douglas par le bras. Elle retira sa main comme si elle avait pris une décharge électrique, et le regarda dans les yeux. Alors Douglas se rendit compte que les yeux de Crystal luisaient dans le noir.

— Tu es... tu es un portail, murmura alors la fillette.

— Un *por*... quoi ? Ben, à moins que mon père ne m'ait caché quelque chose... essaya-t-il de plaisanter, mais il était troublé par cette fille étrange.

— Viens avec moi, il y a quelque chose que tu dois savoir, murmura-t-elle en lui montrant le chemin.

Pendant ce temps, dans la maison, se déroulait une bien curieuse conversation.

— Je t'assure, Ken, c'est bien comme ça ! cria Greta Rowlands, en faisant tinter un glaçon dans son verre de liqueur. Qu'est-ce que tu attends pour croire qu'il est revenu ? Qu'il nous ait tous tués ?

— Greta a raison, mon vieux, intervint Devlin Stevenson. Malheureusement, le message de Mark était très clair. Scrimm est de retour. Que diable ! Il a écrit ce nom, que pouvait-il vouloir dire d'autre ?

— Celui de Scrimm vraiment? s'inquiéta Kendred Halloway. Comment le sais-tu ?

— J'ai un ami dans la police... Le nom de Scrimm était écrit sur un papier posé sur son bureau. Et il n'y a pas que cela d'étrange : son corps a été trouvé chez lui et, à première vue, il s'agit d'une mort naturelle, comme pour les autres...

— Arrêt du cœur pour lui, commotion cérébrale pour Susan, précisa Greta, tout en remplissant trois verres d'un digestif aux herbes qu'elle distillait elle-même.

— Oui, mais la police ne s'explique pas pourquoi ils avaient tous les deux leurs vêtements trempés de pluie et d'eau de mer, vu que leurs corps ont été trouvés chez eux.

— La pluie... réfléchit Ken à haute voix... exactement comme cette nuit...

— Écoute, Kendred, lui dit Greta en lui tendant un verre, je ne sais pas à quelles études tu t'es consacré ces dernières années, mais mon seul contact avec la magie s'est limité à tirer les cartes et à prédire l'avenir à des gogos. Oh, je sais faire mon boulot, mais...

— Ce que Greta veut dire, intervint Devlin, c'est que nous avons désespérément besoin du livre de Scrimm. C'est notre seule planche de salut !

— Mais je ne l'ai pas, moi...

— Vraiment, Ken ? dit Devlin d'un air sceptique. Toi et ta passion pour les vieux bouquins ? Tu veux nous faire croire que pendant toutes ces années, tu ne t'es donné aucun mal pour le chercher ?

— Vous êtes tombés sur la tête ! Vous croyez que je vous mentirais sur un sujet aussi grave ? Vous m'avez dit vous-mêmes que le *Malartium* avait été perdu lors de votre combat contre Scrimm !

— Alors que le ciel nous vienne en aide, Ken, répliqua Devlin. Surtout que le ciel nous vienne en aide...

— Un moment ! Damon manque encore à l'appel... dit Greta.

— Oui, mais Dieu sait où il est en ce moment, objecta Ken. Ses affaires l'obligent à passer la majeure partie de son temps en Afrique du Sud.

— Quoi qu'il en soit, il est de notre devoir de l'avertir, soupira Devlin.

Douglas et Crystal se trouvaient au sommet d'un vieux phare abandonné. De là-haut, le spectacle était superbe cette nuit-là ; toute la ville de Misty Bay était enveloppée dans une brume fluorescente et cotonneuse. Mais plus haut, dans le ciel, on distinguait nettement les étoiles et la pleine lune.

— Alors, c'est là que tu te caches ? dit Douglas. Bel endroit, il n'y a rien à dire !

— Écoute, Douglas, le mieux est que je commence à t'expliquer...

— Oui, je crois que c'est nécessaire...

Douglas s'installa sur une chaise bancale, les mains derrière la nuque.

— Surtout avant que tu commettes quelque idiotie et que tu te fasses tuer, ajouta la jeune fille.

Douglas resta impassible, mais avala sa salive bruyamment.

— Donc... je ne sais pas par quoi commencer...

— Eh bien, par le commencement, pardi !

— Non, par la fin, au contraire. Cet après-midi, j'ai mis un écriteau au cou de ce crétin de Lance et je l'ai signé *Les Invisibles...* En réalité, ce n'est pas le nom de ma bande. En fait, ce n'est le nom d'aucune bande existant aujourd'hui à Misty Bay. Il s'agissait d'une bande qui a existé, il y a soixante ans, et dont faisait partie ma grand-mère.

— Il y a soixante ans, dis-tu? reprit Douglas en écho.

— Exact. En vérité, ton oncle Ken en faisait aussi partie, et Mark, et les deux personnes qui sont ce soir avec eux. Tu sais, ma grand-mère n'a jamais voulu me dire exactement contre qui ou quoi ils ont combattu à cette époque. Elle disait que c'était trop impressionnant et que j'étais encore trop jeune. En fait, ils sont entrés en contact avec la magie...

— La magie! l'interrompit Douglas, en se redressant. Tu te moques de moi, pas vrai?

— Douglas, comment crois-tu que j'aurais pu égarer Lance ce matin, puis que je l'aurais fait grimper à l'horloge si je n'avais pas usé de pouvoirs hypnotiques?

— Ah, voilà autre chose! s'écria Douglas, les yeux ronds. Ne me dis pas que tu es une magicienne, toi aussi!

— Non, mais une télépathe, oui. Je perçois les émotions des personnes. Et même leurs pensées. Et je sais faire entrer mes pensées dans la tête des autres. Pour le reste, je sais faire quelques trucs bidons, comme l'hypnotisme...

— Télépathie, hypnotisme! explosa Douglas, incrédule. Et tu veux me faire avaler ça?

— Ah oui? ricana Crystal. Alors explique-moi comment tu parles depuis dix minutes avec mon reflet?

Douglas se tourna vers le parapet du phare, d'où provenait la voix, et vit Crystal assise en équilibre sur la balustrade. Elle le regardait d'un air malicieux.

Il se retourna vers l'endroit où la fillette était perchée auparavant, mais elle n'y était plus. De nouveau, il regarda la balustrade : disparue !

Il sentit les mains de Crystal qui, par-derrière, lui bouchaient les yeux. Il se retourna brusquement : elle était là !

— Tu as raison, j'y renonce, je n'arriverai jamais à te faire avaler ça ! dit-elle en riant.

Douglas sentit le besoin de s'appuyer à la balustrade.

— Pas mal, hein ? plaisanta la fillette. C'est la première chose que ma grand-mère m'a apprise !

Elle se tut et laissa son regard errer sur l'océan, donnant à Douglas le temps de digérer ces révélations.

— Crystal, dit-il pour rompre le silence. Quand tu as dit que j'étais… un *portail,* de quoi parlais-tu ?

— Un portail est un individu en mesure d'ouvrir un passage entre le passé et le futur. Les portails les plus puissants peuvent même faire des brèches entre les autres dimensions. Mais tu ne dois pas avoir ce pouvoir-là…

— Ah, merci bien !

— De rien, mais tu pourrais m'être utile.

— Tu veux dire que les rêves que je fais sont vrais ? Que je vois des événements qui se sont produits, il y a longtemps ?

— Des rêves ? Quels rêves ? Raconte.

Plus tard, Peter Peaky s'éveilla : on grattait à sa fenêtre. Il alla ouvrir et regarda au-dehors.

— Crys, c'est toi ?

— Coucou ! ricana la fillette, perchée sur une branche de cerisier. Alors, voyons ce que tu m'as préparé à manger, dit-elle en soulevant le couvercle de la boîte en plastique. Oh ! C'est tout ? Pas même un petit gâteau ?

— Ça a été assez dur de détourner les meilleurs morceaux qui restaient, soi-disant pour les chats. Alors ne râle pas, hein !

— Bon, bon, ça ira comme ça ! dit Crystal, en mordant dans un pilon de poulet rôti. J'ai parlé avec Douglas et… tu as raison, il n'est pas aussi bêta qu'il paraît. Il va m'aider à découvrir quelque chose sur ma grand-mère.

— Et comment vas-tu t'y prendre, si je peux me permettre de questionner Sa Majesté ?

Elle lui tira la langue et reprit :

— Demain matin, nous avons rendez-vous chez son oncle. Nous rechercherons ses journaux intimes, du temps où il faisait partie des Invisibles. Tout ça devient très intéressant !

9

De nouveaux cauchemars pour Douglas

Cette nuit-là, Douglas fit encore un cauchemar. Il ressentit de nouveau une sensation étrangement palpable, *réelle.* Et d'ailleurs était-ce vraiment un rêve? En tout cas, pas au sens où on l'entend habituellement.

«Un portail.» C'est ainsi que Crystal l'avait appelé.

Dans son rêve, Douglas voit les rues de Misty Bay telles qu'elles étaient soixante ans auparavant.

Il fait nuit. Il pleut, des éclairs zèbrent le ciel et les rues sont sillonnées de flaques et de rigoles.

C'est étrange, car d'habitude il ne fait pas attention à ses rêves. Mais, maintenant, il lui semble sentir le froid de l'eau sur sa peau et l'odeur de l'océan, portée par le vent.

Une lueur jaunâtre colore la pluie, celle du luminaire qui éclaire l'entrée du bureau du shérif.

Des pas pressés résonnent sur le trottoir. Quelqu'un s'approche en courant? Il halète. C'est un garçon... un garçon que Douglas a appris récemment à connaître. C'est Ken, de la bande des Invisibles.

— Je suis Kendred Halloway, dit le jeune garçon hors d'haleine, au shérif adjoint qui l'observe, de ses yeux gonflés de sommeil, tassé derrière le comptoir de la réception.

— Enchanté ! répond l'homme d'un ton ironique.

Ken hésite, ne sachant par quoi commencer. Puis il lâche brusquement :

— C'est lui ! Nous l'avons découvert ! Vite, il faut l'arrêter, sinon il va les tuer !

— Hé, mon garçon, du calme ! Je ne comprends rien à ce que tu me débites ! De quoi, diable, parles-tu ?

— Mes amis… ils vont se servir du Malartium *que j'ai volé et…*

— Ah, je commence à comprendre : tu viens avouer…

— Avouer quoi ? La nuit dernière, avec mes amis, nous avons pénétré chez lui, mais il nous attendait…

— Attends, mieux vaut prendre des notes. Donc : vol, violation de propriété privée, effraction…

— Mais, bon sang, vous ne comprenez rien ! Je ne viens pas me constituer prisonnier, s'écrie Ken, exaspéré. Je vous dis que je sais qui a enlevé les enfants, ceux qui ont disparu !

— Hein ? Quoi ? s'exclama le shérif adjoint, sortant enfin de son engourdissement. Du calme, mon petit. Ce que tu dis est… vraiment vrai ?

— Je vous le jure, sur ma vie !

— C'est quoi, ce boucan ?

Un autre homme, grand et fort, est entré.

— Pardon, shérif, mais ce garçon dit qu'il sait qui a kidnappé les enfants disparus, se hâte d'expliquer le policier.

— Tiens ! Tiens ! Et ils seraient où ces petits mignons ?

— Chez Angus Scrimm ! hurle Ken à bout de souffle.

Les deux hommes en restent bouche bée. Puis ils se regardent et le shérif passe sa main sur ses cheveux luisants de brillantine, comme pour retenir son agacement. Le shérif adjoint pose son crayon et s'approche du garçon dégoulinant d'eau :

— Écoute, jeune homme, si tu sors d'ici tout de suite et que tu rentres chez toi sans faire d'histoires, tu t'éviteras de…

— Mais il faut me croire ! Ces enfants et mes amis sont en danger de mort !

— Bon, tu l'auras voulu ! Sache que tout ce que tu déclareras pourra être utilisé contre toi, dit l'homme d'une voix menaçante. Tu veux vraiment continuer ?

— Bien sûr ! Je dis la vérité ! Nous avons découvert qu'Angus Scrimm avait enlevé les enfants !

— Et comment l'avez-vous su ?

— Par sa montre ! La voilà… Regardez !

Et il dépose sur le comptoir une vieille montre de gousset, un « oignon », que l'adjoint prend.

— Diable, et où l'as-tu ramassée ?

— C'est une longue histoire. En fait, la nuit dernière, mes amis et moi avons fait irruption dans sa villa, mais… mais… En somme, nous n'avons rien pu faire parce que Scrimm est un sorcier !

Le shérif montre des signes de nervosité. Son adjoint s'empresse d'intervenir :

— Écoute, jusqu'à présent nous avons été très patients, mais…

— Laissez-moi finir ! Je vous dis qu'il nous a hypnotisés ! Mais j'ai réussi à lui chiper le livre dont il se sert pour la magie. Maintenant, Damon veut utiliser un rite qui est dans ce livre. Un rite de sang ! Il a perdu la tête ! Et si vous n'intervenez pas très vite…

— Écoute, mon petit vieux… Tu me dis que tes copains et toi vous vous êtes introduits chez Angus Scrimm, que vous lui avez dérobé deux objets lui appartenant : un livre et une montre. Maintenant, tu l'accuses d'être une sorte d'enchanteur Merlin. Et tu voudrais nous faire avaler ça ?

L'homme contourne le comptoir et saisit le garçon par le col.

— Tu sais ce que je dis, moi? Que je vais te mettre au cachot et que tu y resteras jusqu'à ce que tes amis viennent t'en tirer demain matin! Ils m'expliqueront peut-être qui est le véritable propriétaire de la montre!

— Non, laissez-moi! hurle Ken Halloway. Vous devez me croire! Aidez-moi, je vous en supplie!

Mais l'homme est intraitable. Et le garçon se retrouve en cellule.

Quand le shérif s'éloigne, Ken saisit les barreaux et les secoue frénétiquement. Damon avait sûrement raison. Le shérif et ses hommes sont victimes d'un enchantement d'Angus Scrimm.

C'est évident! Ils ne l'ont pas cru et maintenant, le seul espoir des enfants repose sur les Invisibles.

Mais les Invisibles, qui les aidera, eux?

Dans le Malartium, *ils ont trouvé un rite qui pourrait leur permettre d'éliminer Scrimm. Mais il pourrait leur en coûter leur âme!*

Une fois encore, Douglas se réveilla en sursaut, bouleversé par son cauchemar. Il regarda autour de lui, mais il était bien dans son lit, dans sa chambre, chez son oncle et sa tante.

Il avait froid et il était trempé. Son pyjama et ses cheveux étaient mouillés, comme si toute la pluie du cauchemar lui était tombée dessus. «Absurde, pensa-t-il. Ce n'est que de la sueur.»

Pourtant, sa peau avait un goût beaucoup plus salé que d'habitude... «Ne serait-ce pas plutôt... de l'eau de mer?»

Il changea de pyjama, s'essuya rapidement les cheveux avec son gilet et se remit sous les couvertures.

Mais il ne parvint pas à se rendormir.

10

Un journal intime bien caché

Dans une ville comme Misty Bay – aussi petite soit-elle –, il n'est pas difficile d'être *invisible*. Il suffit de bien la connaître, jusque dans ses coins les moins fréquentés. En fait, même les impasses mènent toujours quelque part : au fond de la ruelle, il y a la porte arrière d'une maison, d'un restaurant ou d'un hôtel, par laquelle on peut sortir, accéder ailleurs. Les hôtels justement sont bourrés de petits passages, de vrais dédales donnant sur de sombres couloirs, des sous-sols, des caves, des monte-charge. Les maisons elles-mêmes ont leurs «voies secondaires», des couloirs que les habitants utilisent peu, des pièces où l'on ne met presque jamais les pieds, avec des fenêtres donnant sur des jardins ou des escaliers de secours menant aux toits.

Bref, une célébrité fuyant ses fans, un criminel en fuite, ou un fraudeur redoutant un contrôle des services sociaux peut parfaitement ne pas se faire prendre, s'il est malin. Et Crystal était très, très maligne.

Et c'est justement parce qu'elle utilisait ces «voies secondaires» qu'elle se déplaçait d'un endroit à l'autre sans s'être fait voir. Lorsqu'elle avait disparu, à la mort de sa grand-mère, la police, les assistantes sociales, les amis de la famille, les curieux, tout le monde s'était mis à la chercher. On aurait dit qu'elle était partout. Heureusement, Crystal pouvait compter sur un talent particulier : sa capacité d'hypnotiser.

Elle tenait cela de sa grand-mère, qui lui en avait enseigné la méthode. D'emblée, elle y avait montré de grandes dispositions. Il lui suffisait de croiser le regard de quelqu'un, même un bref instant, pour que la personne tombât dans une torpeur hypnotique, surtout si elle était cueillie à l'improviste ou avait peu de force de volonté.

Ce matin-là, Crystal put arriver sans difficulté chez Douglas. Elle se cacha dans le jardin, en attendant que Ken aille à la bibliothèque et qu'Hettie parte faire les courses.

Elle émergea d'un buisson pour faire signe à Peter, qui fit ostensiblement semblant de ne pas la voir. « C'est bien les filles, ça ! » se dit Peter agacé par l'imprudence de son amie. Il rejoignit la tante de Douglas sur le pas de la porte, la salua et la regarda s'éloigner vers l'arrêt du bus menant aux magasins du centre-ville, au bas de la pente.

Un instant plus tard, Douglas le rejoignit et fit signe à Crystal que la voie était libre.

— Tu en as, une tête ! lui lança Crystal, tandis qu'elle montait les marches du grenier. Tu as encore fait un de tes rêves ?...

Douglas en profita pour lui raconter son cauchemar. Enfin il avait quelqu'un à qui se confier !

— Super ! commenta Crystal.

— C'est tout l'effet que ça te fait ? Super, rien d'autre à dire ? Tu es *télépathe* ou non ?

— Télépathe... télépathie... télépathique... Qu'est-ce que tu vas chercher ? Attendons d'avoir retrouvé le journal de ton oncle, tu verras que tout sera plus clair !

— Merci de ton aide, j'apprécie ! répliqua Douglas, en regardant de travers Peter qui ricanait. Et qu'est-ce que nous faisons de celui-là ? reprit-il en indiquant son ami. Il fait partie de la bande, maintenant ?

— Comment ça, celui-là ? Et toi-même, depuis quand fais-tu partie de la bande ? s'écria Crystal.

Douglas avait marqué un point. Il décida d'enfoncer le clou.

— Écoute, tu veux redonner vie aux Invisibles, non?

— Oui, mais...

— Et alors, depuis quand une bande se compose-t-elle d'une seule personne? À mon avis, il faut être au moins deux... Et trois, c'est encore mieux. Juste, Peter?

— Juste, chef! Je veux dire...

— Comment ça, «chef»? intervint Crystal. Bon, laissons tomber pour le moment. Nous en reparlerons si vous passez avec succès l'Épreuve du courage.

— L'Épreuve du courage? demanda Peter, inquiet.

— Tu as la frousse, mon mignon? Ne me dis pas que toi, le hardi spéléologue... le taquina Douglas.

— Euh... alors on le cherche ce fameux journal? coupa-t-il, d'une voix un peu plus aiguë que d'habitude.

Le grenier des Halloway renfermait tout le merveilleux fourbi qu'un enfant – Douglas compris – rêverait d'avoir sous la main. Mais pas ce jour-là. Le temps pressait et Douglas espérait retrouver rapidement le journal de l'oncle Ken. Mais après un rapide coup d'œil sur la montagne de vieux meubles, les étagères et les cartons de livres, il se rendit compte que ce ne serait pas facile.

— J'ai un sacré mal au crâne... commença Douglas.

— Moi, je crois que j'ai un truc à faire, dit Peter en écho.

— Tu pourrais t'en occuper, Crystal, de ce journal, nous ne sommes pas libres... reprit Douglas.

— D'ailleurs, fouiller dans un grenier, c'est bon pour les filles... ajouta Peter.

— Mon œil, oui! Vous n'allez pas me laisser toute seule! protesta Crystal. Aucun homme qui se respecte ne refuserait son aide à une faible femme en cas de danger!

Les deux garçons se regardèrent et éclatèrent de rire. Puis ils commencèrent leurs recherches.

— Crétins ! marmonna Crystal, en farfouillant de son côté.

Une heure plus tard, les trois compères, épuisés, se laissèrent tomber sur un vieux divan recouvert d'un tissu poussiéreux.

— Au rapport ! décréta Crystal.

— Bof... de mon côté, RAS ! souffla Douglas.

— Moi, idem, soupira Peter. Et toi, Crys ?

— Misère ! Autant chercher une aiguille dans une botte de foin. Il faut être un peu détraqué pour accumuler autant de machins inutiles ! C'est absurde !

— Ce qui veut dire qu'elle n'a rien trouvé, pas vrai, Peter ? dit Douglas en riant.

À ces mots, Crystal s'assombrit et mit son visage dans ses mains pour cacher sa colère. Douglas se retourna brusquement : du coin de l'œil, il avait aperçu son oncle qui montait l'escalier. Peter s'en était sûrement aperçu, car il plongea derrière le divan.

— Crys, voilà mon oncle ! Cache-toi ! chuchota Douglas, atterré, s'apercevant qu'elle avait toujours les mains sur les yeux.

Ken, en effet, se dirigeait droit sur le divan. Impossible qu'il n'ait pas vu Crys. Pourtant, il passa devant elle sans paraître l'apercevoir et se dirigea vers un mur de briques. Douglas remarqua alors une chose étrange : oncle Ken ne faisait aucun bruit, comme s'il se déplaçait sur des coussins d'air.

L'homme atteignit le mur et y appuya ses mains. Soudain, son image se mit à vaciller. Douglas se frotta les yeux, incrédule. Il regarda de nouveau : la silhouette de son oncle était transparente, puis elle s'effaça complètement.

Douglas regarda Peter qui, la bouche ouverte, fixait l'endroit où il avait vu Ken. Puis, se levant, il observa Crystal. La fillette, qui avait encore les mains sur les yeux, était secouée de tremblements. Douglas lui toucha l'épaule : son tee-shirt était trempé de sueur.

— Crys ?

— Une projection incorporelle, expliqua-t-elle, baissant enfin les mains.

Très pâle, elle gardait les yeux fermés.

— Et alors ?

— Ton oncle n'était pas vraiment présent. C'est moi qui ai invoqué son image.

Peter contempla ses vêtements couverts de poussière et de toiles d'araignée.

— Dis donc, tu ne pouvais pas le faire plus tôt ?

Crystal le foudroya du regard.

— Bon, bon, je posais juste une question ! dit Peter.

— C'est assez facile à réaliser, ce truc, expliqua Crystal, avec un petit sourire. Le souvenir des personnes demeure longtemps dans les lieux où elles se sont trouvées, comme une espèce de parfum. Recueillir cette présence, c'est une des choses que ma grand-mère m'a apprises.

Douglas, sur ces mots, s'était approché du point du mur vers lequel il avait vu son oncle se diriger. Il répéta le mouvement qu'il lui avait vu faire et appuya ses mains sur les briques. Il fit courir ses doigts sur la paroi et découvrit une brique légèrement détachée des autres. Il l'agrippa et la tira fortement vers lui. La brique céda et en fit tomber deux autres, découvrant une niche. Elle contenait des coupures de journaux locaux, jaunis par le temps, datés de juin et juillet 1938. On pouvait y lire en gros caractères :

UN AUTRE ENFANT NOMMÉ RUSSEL EVERETT A DISPARU.
LA POLICE EST SANS NOUVELLES.

ON RECHERCHE LE MYSTÉRIEUX MANIAQUE QUI KIDNAPPE DES ENFANTS.

LE CHAPEAU D'UN DES ENFANTS DISPARUS A ÉTÉ RETROUVÉ : AUCUNE TRACE D'EUX.
LE PIRE EST À CRAINDRE.

Douglas posa la boîte sur une vieille chaise et explora de nouveau la niche. Des cahiers y étaient empilés.

Les journaux intimes de l'oncle Ken !

11

Invisibles, présents?

3 juillet 1938. 22 h 30

«Invisibles, présents?» À dater d'aujourd'hui, ce sera notre devise.

C'est Damon qui y a pensé : il nous fallait un cri de bataille. Selon lui, toutes les bandes dignes de ce nom en ont un, et nous devons trouver le nôtre. Nous en avons essayé un tas : «Invisibles, au combat!», «Invisibles, à l'attaque!» Non, trop guerrier! «Invisibles, jusqu'à la mort!» ou «… jusqu'au bout!». Bah, tragique! «Les Invisibles, ralliez-vous à mon…» Historique! «À moi, les Invisibles!» Euh… Qui ça, moi?

Puis Greta est arrivée, en retard. Elle nous a hélés : «Hé, les Invisibles, vous êtes là?» Et chacun a répondu par son nom, suivi de «Présent!», comme en classe à l'appel. Bien fort, avec fierté. Nous nous sommes tous alors regardés en riant, contents de nous. Damon s'est exclamé : «Le voilà, notre cri de bataille, notre mot d'ordre ou notre mot de passe, comme vous voudrez : "Invisibles, présents?" Et chacun devra répondre : "Damon, présent!" C'est simple, mais ça fait de l'effet, non?»

Mark a protesté : «Un cri de bataille! C'est crétin!» Mais les autres ne l'ont pas écouté, car Damon s'est levé en nous ordonnant de le suivre. Nous avons obéi et, quittant notre grotte-refuge, nous avons dévalé la colline. Direction, la ville. Et tandis que nous galopions, Damon a hurlé : «Invisibles, présents?» Et chacun a répondu en criant son nom, suivi de «Présent!». Tous sauf Mark, je crois. Puis nous avons aussi braillé : «Invisibles, présents?», et les autres répondaient encore. C'était grisant! Au début, c'était rigolo. Mais en traversant les quartiers d'habitation, en criant de plus en plus fort à mesure que les passants se faisaient plus nombreux, nous avons pris conscience que ce n'était plus seulement un jeu.

Cela voulait dire que nous – et nous seuls – étions les Invisibles, et que le monde extérieur en était exclu.

Voici la maison de notre vieux professeur de mathématiques.

Susan : «Invisibles, présents?»

Et là, l'église baptiste du père Rentall.

Devlin : «Invisibles, présents?»

Puis la laverie des parents de Sandy Baker.

Greta : «Invisibles, présents?»

Pour ne pas trop nous faire remarquer, plus personne ne hurlait son nom, mais le murmurait à celui qui avait lancé le cri de bataille, en arrivant, chacun son tour, à sa hauteur.

Et nous voilà enfin à la mer. Nous sommes tombés sur le sable, hors d'haleine et le cœur battant comme un tambour. Puis Damon a répété une fois encore la question : «Invisibles, présents?», cette fois à voix basse.

«Pour toujours!» ai-je répondu.

«Pour toujours!» ont répété les autres.

Cette fois, Mark a répondu aussi.

— C'est vraiment super! s'exclama Douglas, quand Peter eut terminé la lecture du compte-rendu de cette fameuse journée, retranscrit dans le journal de l'oncle Ken. Continue, vas-y, continue!

Peter parcourut rapidement la page.

— Hum... le reste... ce sont des épisodes présentant moins d'intérêt : les rapports entre ton oncle et ses parents... blablabla...

— Attendez, intervint Crystal. J'ai trouvé quelque chose qui pourrait avoir affaire avec ce que nous cherchons. Écoutez...

15 juillet 1938. 22 heures

«Invisibles, présents?»

Moi, j'y suis, en tout cas.

Hier, un autre enfant a disparu. Russel Everett, un ami de Devlin. C'était aussi mon ami, même si je ne le voyais pas très souvent. Son père vend des glaces sur le port. Une fois, je n'avais pas un sou en poche, mais Russel a dit à son père que j'étais son ami et il m'a offert un verre de limonade.

Damon dit que nous devons absolument l'aider. À quoi servirait notre bande, sinon? D'ailleurs, nous aimons jouer aux redresseurs de torts et aider les gens, comme cet après-midi où nous avons retrouvé le chien de Mme Plunder. Nous l'avons laissé attaché à la porte de sa maison, nous avons frappé fort... et nous sommes partis à toutes jambes. Mais avant, nous avons glissé un billet sous la porte : «Avec les compliments des Invisibles.» Mme Plunder a eu une belle surprise. Je suis sûr que si nous nous étions montrés, elle nous aurait bourrés de gâteaux et de confiture (faite à la maison, excellente)! Damon n'a pas voulu. Il dit que c'est comme cela que se comportent les vrais héros : faire le bien, oui, mais ne pas s'en attribuer le mérite. Comme ce justicier masqué que j'écoute à la radio : l'Ombre. Enfin... un peu de confiture, ça ne m'aurait pas déplu!

Cette nuit, les Invisibles ont rendez-vous au vieux phare. Nous nous séparerons en deux groupes et passerons la ville au peigne fin. Pourquoi deux équipes? Parce que Devlin est malade (pas bête, celui-là, il trouve toujours le moyen de couper aux tâches les plus ingrates!). Susan sera avec Damon et moi.

Je vais donc faire semblant de me préparer pour aller dormir et me mettre à moitié habillé sous les couvertures. Dès que papa et maman éteindront la lumière, j'enfilerai mon pull gris et je me laisserai glisser le long de la gouttière. Parce que je n'ai pas le droit de sortir seul la nuit, bien entendu! Surtout en ce moment, avec ce maniaque!

Bon, bonne chance, les Invisibles!

Je continuerai demain, j'espère.

Le récit de ce jour étant terminé, Crystal passa à la date suivante.

16 juillet 1938. 14 h 30

«Invisibles, présents?»

Moi, je suis là.

Nom d'un chien! Nous en avons vu de belles, cette nuit!

Nous avions patrouillé en ville toute la journée sans rien découvrir de suspect.

Comme d'habitude, il faisait un brouillard à couper au couteau. Ce n'est pas possible, ça : Misty Bay doit être le seul coin du monde à être dans la brume en plein été (il doit bien y en avoir d'autres. Bof...).

En somme, on n'arrive à rien... Mais nous avons autant de chances de tomber sur le maniaque que de trouver une aiguille dans une botte de foin.

Tout à coup, Susan a eu une de ses idées lumineuses à la noix : elle et moi pourrions nous tenir un peu en arrière, dissimulés par le brouillard. Comme cela, elle semblerait seule et constituerait un appât pour le maniaque.

«Pas question, lui a répondu Damon, c'est trop dangereux.» Et qu'est-ce qu'elle fait, elle? À peine tourné le coin de la rue, et voilà qu'elle se carapate à toutes jambes!

Nous ne nous en sommes pas aperçus tout de suite, parce qu'à ce moment-là Damon m'a pris par le bras et m'a chuchoté : «Jette un coup d'œil discret derrière toi, j'ai l'impression que nous sommes suivis.» Alors, en silence, nous fouillions le brouillard du regard. Et quand nous nous sommes retournés vers Susan… Pfft! Disparue!

Damon regarde autour de lui en chuchotant : «Susan!» Pour toute réponse, il obtient un petit rire malin! Quelle folle, celle-là!

Nous, nous lui courons derrière, mais il aurait fallu beaucoup de chance pour la retrouver!

Nous arrivons alors dans la partie de la ville ancienne, près du port, toute en vieilles maisons, petits chemins et immondices. Si Jack l'Éventreur en personne avait surgi, un couteau à la main, nous n'en aurions pas été surpris!

À un carrefour, nous nous arrêtons pour réfléchir. C'est alors que nous parvient un petit bruit inattendu : des pas lourds dans notre dos, des pas d'adulte.

Le bruit s'arrête brusquement. Puis deux ou trois pas se font entendre à nouveau. Pas de doute, quelqu'un nous suit.

Damon me fait signe de me taire et m'entraîne vers un amas de filets de pêche. Nous demeurons là un temps qui me semble interminable, mais pas plus de quelques minutes, cependant! Rien ne bouge. Personne n'arrive. Pire : nous n'entendons plus le petit rire de Susan.

Nous nous regardons et pensons évidemment à la même chose. Ce n'est pas nous que l'homme suit, mais Susan!

Soudain, Damon perd toute prudence et saute sur ses pieds en hurlant : «Susan!» Puis il part en courant, au hasard, et je le suis en criant à mon tour : «Susan! Susan!»

Pour toute réponse, un cri de terreur, si désespéré que nous ne reconnaissons pas sa voix.

La voilà, là-bas, à une dizaine de mètres, à l'endroit où la ruelle débouche sur une petite place. Elle n'est pas seule. Un homme est penché sur elle. Il porte un manteau sombre, et un chapeau lui cache les yeux. Il essaie d'immobiliser Susan, mais elle se débat de toutes ses forces. Il est clair qu'elle ne pourra pas lui résister longtemps.

Nous courons dans sa direction, et l'homme s'aperçoit de notre présence. Il se retourne, nous regarde et, à ce moment-là, le brouillard se transforme en une masse plus solide. Tout à coup, nous avons l'impression d'être empêtrés dans de la ouate…

Susan est là, à quelques mètres de nous, luttant pour sa vie et nous, nous avançons au ralenti, comme dans un maudit cauchemar. Je me tourne vers Damon : son visage est baigné de larmes, par le dépit ou l'effort, je ne sais. Et il hurle : «Susan ! Susan !»

Mais tout s'évanouit comme par enchantement.

Dans une maison, une lumière s'allume, une fenêtre s'ouvre. Dans l'encadrement, un homme à l'air peu recommandable apparaît et nous crie, peu aimable : «Qu'est-ce qu'il se passe?» La porte d'une autre maison s'ouvre, puis encore une autre.

Damon et moi recouvrons d'un coup notre liberté de mouvements. Nous voilà projetés en avant, à deux doigts de nous casser le cou sur les pavés.

Quand nous nous relevons, l'homme a disparu et Susan est recroquevillée par terre. Dans les maisons, les gens ne savent que faire et ne s'approchent pas. Vite, nous courons la secourir et la réconforter.

Damon arrive le premier. Il l'embrasse et elle relève vers lui un visage… comment dire?… bouleversé? Absolument pas! Elle est tout sourire et nous demande de la féliciter. Et moi qui suis à bout de nerfs, je lui crie : «Et puis quoi encore? Te féliciter de quoi?» Sans cesser de sourire, elle nous tend alors une montre ronde de gousset, de celles qu'on appelle un «oignon». «C'est celle du maniaque, dit-elle. Ce n'est pas un bel indice, ça?»

— Eh bien, j'avais une grand-mère super, non? s'exclame Crystal, toute fière.

— Oui, oui, bon! Continue, voyons. Allez, lis la suite!

— Quoi? Ah oui, pardon! Donc, c'est tout pour ce compte-rendu. Je passe au jour suivant.

— Ouf! Quelle enquiquineuse! soupire Douglas.

17 juillet 1938. 18 h 30

«Invisibles, présents?»

Moi, j'y suis.

Résumons la situation : jusqu'à hier, nous nous sentions courageux et pleins d'optimisme. Et maintenant?

Qu'y a-t-il de changé? Tout!

Tout est changé.

Au dos de la montre de gousset que Susan a chipée au maniaque, on peut lire une dédicace : «À mon bien-aimé Angus.» Il n'y a pas trente-six Angus à Misty Bay. Ne sachant comment procéder, j'ai proposé d'aller se renseigner au bureau de l'état civil. Puis je me suis aperçu que Mark était pâle. «Qu'est-ce que tu as?» lui ai-je demandé. Il m'a répondu par un signe de le suivre (nous étions sur la place de la mairie). Un ami de son père est horloger, son magasin est tout à côté. Nous nous sommes retrouvés devant sa vitrine. Mark ne disait pas un mot. Regardant à travers la vitrine, il a fixé des yeux le mur de gauche. Nous avons tous regardé par-dessus son épaule : il était là, le propriétaire de la montre! Du moins son portrait en photo, montrant le bel objet.

Angus Scrimm, maire de Misty Bay, le jour de son élection!

Nous sommes restés bouche bée. Greta s'est mise à pleurer et Damon s'est assis sur le bord du trottoir, les mains dans ses cheveux. Comment pourrions-nous affronter l'homme le plus important de la ville? Si nous le dénoncions, qui nous croirait?

Une dispute a éclaté entre nous. Moi, je soutenais qu'il fallait nous rendre tout de suite à la police. Damon, lui, pensait qu'il valait mieux nous occuper de l'affaire nous-mêmes pour démasquer Angus Scrimm. Comme, dans le groupe, Damon et moi avons le plus d'autorité, les avis se sont partagés en deux! Et les gros mots ont volé bas!

À la fin, Damon a hurlé : «Taisez-vous, bon sang! Tout le monde nous regarde. Pour des Invisibles, c'est vraiment discret!»

Nous avons gagné en silence notre grotte-refuge sur la falaise. Tout en suivant Damon, les discussions allaient bon train.

Quand nous avons atteint la grotte, Damon nous a dit, d'une voix ferme : «Faites-moi confiance encore une fois, je vais vous exposer mon plan.» Nous avons mis sa proposition aux voix. J'ai voté contre, mais c'est lui qui l'a emporté.

Et me voilà de nouveau en train de sortir, dès que mes parents ont fermé l'œil.

Damon pense que le maire retient les enfants prisonniers dans la cave de sa maison, à supposer qu'ils soient encore vivants.

Cette nuit, nous prendrons d'assaut la maison d'Angus Scrimm.

— Mon rêve! Mon rêve! s'exclama Douglas. Je vous ai raconté le rêve que j'ai fait en avion, non? Les Invisibles attaquaient la maison d'Angus Scrimm! Vous vous souvenez?

— Oui, et ça se terminait mal, je crois, répliqua Crystal en feuilletant le journal de l'oncle Ken.

Elle se tut un instant, concentrée sur sa lecture.

— Alors, ça vient? Tu nous mets sur le gril, là!

— Douglas a raison. On n'en peut plus, on veut savoir! intervint Peter.

— Bon, bon, ça va! Du calme, je continue...

18 juillet 1938. 0 h 55

Qu'ils aillent tous au diable!

J'écris ces lignes dans l'espoir de m'en tirer vivant, au cas où Scrimm nous mettrait tous en bouillie.

C'est déjà bien d'avoir échappé au pire après l'assaut désastreux d'hier soir, à la maison de Scrimm.

Nous voulions tenter le tout pour le tout pour libérer les enfants. Quand nous sommes arrivés près de la villa, nous nous sommes séparés en deux groupes, chacun devant se porter en un point différent. Il n'y avait personne, mais Scrimm doit avoir fait quelques tours de magie parce que mes compagnons se sont mis à se battre les uns contre les autres. À certains moments, ils se massacraient!

C'est moi qui m'en suis le mieux tiré. Tandis que les autres étaient dans de mauvais draps, je me suis échappé par la fenêtre par laquelle j'étais entré avec Damon. Au passage, j'ai emporté un beau trophée : un des livres de magie, le Malartium, *le plus important que Scrimm possède. En fait, c'est peut-être LE livre de magie, parce que la cave était remplie de volumes, mais celui-ci était posé à l'écart des autres, ouvert sur un lutrin.*

Nous nous sommes retrouvés hors de la maison et, l'oreille basse, nous avons gagné notre grotte-refuge, complètement désespérés, c'est bien naturel. Mais Damon n'a pas cessé de feuilleter ce satané livre (c'est le cas de le dire!). Et tourne et retourne les pages!

Je crois bien qu'il a continué tout le lendemain, car lorsque nous nous sommes revus le soir, il a annoncé : «J'ai peut-être découvert un meilleur moyen de neutraliser Scrimm.» Un rite! Un rite épouvantable dont je ne veux même pas parler. Cette histoire doit l'avoir rendu dingue!

À l'heure où j'écris, les autres ont dû terminer le rite et se dirigent vers la maison de Scrimm. Il faut que je me dépêche d'aller chez le shérif, s'il veut bien me croire. Je lui montrerai la montre de gousset de Scrimm et je lui déballerai toute notre aventure de l'autre nuit, au port.

Pourvu que tout ne soit pas comme l'a dit Damon. Pourvu que Scrimm n'ait pas jeté aussi un sort au shérif et à ses hommes. Sinon, je suis cuit...

— Ah flûte! Tu t'arrêtes encore? protesta Douglas, exaspéré.

— Hé, calme-toi. J'ai terminé un cahier du journal. Si je ne me trompe pas, c'est toi qui as le suivant!

— Le suivant?

Douglas rougit et se mit à feuilleter le premier des cahiers qu'il avait devant lui.

— Voilà... non, pas celui-ci... pas celui-là... Ah, c'est bon, je l'ai!

À ce moment, un coup de vent ouvrit la fenêtre du grenier et un air glacé envahit la pièce.

Le soleil s'obscurcit et Douglas, Crystal et Peter furent obligés de lutter pour ne pas être emportés par la bourrasque. Les objets les plus légers, en particulier les cahiers, tourbillonnaient comme des feuilles mortes.

— Cramponnez-vous, c'est une attaque de magie ! hurla Crystal.

— Une... quoi ? répondit Douglas, luttant contre un tapis qui semblait décidé à l'étouffer.

— C'est Scrimm ! Il utilise le vent pour nous voler les cahiers !

Pendant qu'elle s'égosillait, Crystal essayait de récupérer tous les cahiers à portée de sa main. Soudain, les battants d'une armoire s'ouvrirent en grand. Il en sortit des cannes à pêche avec leurs fils et leurs hameçons qui la ligotèrent comme des serpents furieux. À chaque mouvement de la fillette, les hameçons meurtrissaient ses chairs.

— Cryyyys ! hurla Peter, tentant de la secourir.

Mais dès les premiers pas, la poussière soulevée par le tourbillon se concentra en une trombe grise qui fonça sur lui. Peter essaya de se protéger le visage ; il gardait les yeux et la bouche fermés, mais la poussière entrait dans ses narines.

Crystal se rendit immédiatement compte du danger mortel que courait son ami. Elle laissa tomber les cahiers et, malgré les fils de nylon qui l'embobinaient de plus en plus serré, elle tendit le bras vers lui.

Soudain, la poussière se dispersa. Peter poussa un profond soupir et fit entendre ce qui resta sans doute le plus « hénaurme » éternuement de sa vie ! La poussière qui avait pénétré en lui ressortit violemment par ses narines. Il tomba à genoux et pinça son nez pour comprimer une violente hémorragie.

Le vent se renforça de nouveau et une voix résonna clairement dans la pièce :

« La magie n'est pas un jeu d'enfant, mes petits ! »

Puis les cahiers de l'oncle Ken furent aspirés à l'extérieur et disparurent par la fenêtre ouverte.

Le vent s'apaisa d'un coup et les rayons du soleil éclairèrent de nouveau l'intérieur du grenier.

Dans la pièce, tout était sens dessus dessous.

Tous les cahiers constituant le journal d'oncle Ken avaient disparu.

Douglas s'efforçait de s'extirper du tapis qui avait failli l'étouffer. Crystal, toujours ligotée par les fils des cannes à pêche, était zébrée d'égratignures. Peter essuyait, comme il pouvait, le sang qui coulait de son nez.

12

Une décision importante

Dans la salle de bains, Crystal et Peter étaient assis sur le bord de la baignoire, tandis que Douglas s'affairait beaucoup. Alcool et coton pour Crystal, glaçons enveloppés dans un linge pour Peter, pansements (entre les petits, les moyens et les grands, toute la boîte y passa!) et aussi un peu de glace pour lui. Rien à dire, ils avaient reçu une belle raclée!

— Hé, Crystal, commença Peter, frottant un glaçon sur son nez. (Il avait retiré ses lunettes et les avait posées sur une tablette près du lavabo.) Berci beaucoup de b'avoir sauvé de la boussière... lui dit-il, le nez bouché.

— Bof, j'ai été nulle! C'était terrible... Je me suis sentie si impuissante!

— Bienvenue parmi le commun des mortels! dit Douglas en souriant.

Pour se réconforter de tant d'agitation, il s'était préparé un énorme sandwich, qu'il mordait à belles dents.

— Il a l'air délizieux! le complimenta Peter. Tu beux l'arroser abec un beu de mon zang?

— Beurk, Peter, tu es dégoûtant! protesta Douglas.

— Et doi alors, tu te grois malin de t'embiffrer sous bon nez?

— C'est ma façon à moi de me remettre de mes émotions! Je ne l'ai pas volé, non? Et toi, quelle est ta méthode?

Peter réfléchit un peu.

— Ben. Dans ze cas, je vais lire zur le doit.

— Tu vas lire sur le toit? s'étonna Douglas, tout en nettoyant la mayonnaise de ses doigts, pour tendre un autre pansement à Crystal.

— Voui, je zors bar le vazisdas et je b'assieds zur les tuiles. Je be zens détaché de dout et de dous! D'ailleurs, j'ai bassé gomme za dout l'édé dernier...

Il prit un autre glaçon ; l'hémorragie avait cessé, mais son nez était gonflé comme une patate.

— De là-haut, je boyais les autres zenfants gui jouaient, et je b'ennuyais dout zeul... Mais vaut bas s'abitoyer zur zon zort...

— Quel charabia! Qu'est-ce qu'il bafouille? s'exclama Douglas.

— Il ne faut pas s'apitoyer sur son sort, répéta distraitement Crystal. En tout cas, moi, je ne me rends pas!

— C'est-à-dire?

— Vous... je ne sais pas. Mais moi, personne ne m'a jamais commandée et ce n'est pas aujourd'hui que ça va commencer!

— Mais... qu'est-ce que du ragondes? Nous abons affaire à un drôle de bagizien, bresque imbattable. Zi dous zommes vivants, z'est bar biracle! Et doi...

— Il n'est pas tout-puissant, tout de même! répliqua Crystal, d'un ton coupant.

— Bon, sans doute, mais il ne s'en est pas mal tiré, non? glissa Douglas, en avalant la dernière bouchée.

— S'il était «bresque» imbattable, comme dit Peter, trois petits ados ne lui feraient pas peur, pas vrai? Il nous a pris les cahiers de ton oncle car nous pouvions y découvrir quelque chose d'important sur lui. Il a peur de nous.

— Vraiment? C'est plutôt nous qui crevions de peur. Mais bon, qu'est-ce que tu proposes?

— Qu'est-ze qu'elle broboze? Sais pas! Mais boi, je broboze de rendrer à la baison, d'oublier doude zette hisdoire et rebonter zur bon toit bazer le reste de l'édé!

— Et tu crois que Scrimm va te laisser tranquille? répliqua Crystal. Si tu étais à sa place, tu ne t'occuperais plus de nous ou tu chercherais à nous neutraliser définitivement? Il a dans son sac de sorcier un tas de moyens pour rendre une personne inoffensive. Évidemment, pas de cadavre, c'est trop voyant... mais par la magie, ce ne serait pas plus agréable, je t'assure!

— Là-dessus, tu as probablement raison, invervint Douglas. Alors, Crystal, dis-nous tout!

— Je propose d'aller à la bibliothèque. Ou mieux, vous y entrez et moi je vous attends dehors. Essayez de ne pas vous faire repérer par ton oncle, Douglas. Et renseignez-vous le plus possible sur Angus Scrimm : de sa date de naissance à sa marque de crème à raser. Nous devons tout savoir de lui. C'est notre seule chance de savoir où il se cache et où nous pourrons retrouver le *Malartium* que ton oncle Ken lui avait chipé!

— Pourquoi penses-tu que mon oncle ne l'a plus... ou que Scrimm l'a retrouvé?

— Aucun des anciens Invisibles ne l'a plus en sa possession. La nuit où nous nous sommes rencontrés... tu sais, quand tu avais suivi ton oncle chez Greta, la voyante? Eh bien, j'étais déjà là depuis un moment. Greta et Devlin se lamentaient, disant que s'ils avaient encore eu le *Malartium* de Scrimm, ils auraient peut-être eu une chance... Quant à Scrimm, il ne l'a pas non plus. Comment je le sais? Appelez cela de l'intuition, si vous voulez!

— Intuition parapsychique?

— Non. Disons plutôt intuition féminine… dit Crystal en riant.

— D'accord. Admettons que nous arrivions à mettre la main sur ce maudit livre, dit Douglas, ne me dis pas que tu veux répéter le rite !

— J'espère ne pas y être obligée. Mais, surtout, je veux empêcher Scrimm de retrouver le *Malartium*. Vous rendez-vous compte que nous sommes les seuls à savoir ce qui se passe et que nous pouvons peut-être contrer ses projets ?

— Mais si nous ne connaissons même pas ses intentions, comment l'empêcher de nuire ?

— Écoute, je ne crois pas que quelqu'un qui enlève des enfants ait de bonnes intentions. Laissons-lui le champ libre et il pourrait devenir le magicien le plus puissant de la planète !

— Il serait vraiment aussi dangereux ?

Crystal répondit par une grimace de dégoût qui glaça Douglas et Peter.

Crystal tendit vers les deux garçons sa main parsemée de pansements, les paumes vers le haut, et dit :

— Douglas, Peter, croyez-moi. Scrimm est revenu. Si vous ne voulez pas qu'il gagne la partie, les Invisibles doivent être de retour aussi.

Douglas regarda la main ouverte de Crystal, puis le visage pâle de Peter.

Il avança timidement sa main à son tour et serra celle de Crystal.

— J'en suis ! murmura-t-il.

Les deux adolescents se tournèrent vers Peter, sans un mot. Ils le regardèrent, tout simplement. Le garçon leur retourna leur regard, s'attendant à trouver dans leurs yeux une ombre de persuasion ou de réprobation. Mais il n'y avait rien de tout cela dans leurs yeux. Ils savaient qu'ils risquaient leur vie, et ils ne pouvaient se permettre de décider pour lui.

C'était à lui de prendre sa décision. À lui seul.

La main de Peter se joignit à celles de ses deux amis.

— J'en suis, boi aussi ! dit-il en remettant ses lunettes.

— Alors, les Invisibles sont de nouveau présents ! déclara Crystal.

13

Le dernier des Invisibles

Kendred Halloway assistait à la réunion «Invitation à la lecture», organisée toutes les semaines dans sa bibliothèque. Il s'agissait de donner aux enfants l'envie de lire ce qu'il appelait «le monde fantastique des Histoires». Oui, Histoires avec un grand H, rien de moins.

Il observait les animateurs qui lisaient un conte en alternant pour les dialogues. Les enfants, assis en demi-cercle, les écoutaient, captivés, les yeux perdus dans la fable qu'ils vivaient, chacun à sa manière. C'était parfait.

— Hé, Ken, c'est une bien belle histoire, n'est-ce pas? lui chuchota à l'oreille Lydia Lodbell, une bibliothécaire âgée qui était à ses côtés depuis plusieurs années.

Kendred Halloway lui répondit de même, l'esprit un peu ailleurs.

— Passionnant, comme d'habitude, Lydia. Tout va bien?

— Aucun problème, Ken, continue à suivre l'histoire. Je voulais seulement te complimenter pour ton neveu.

— Ah, tu as fait sa connaissance?

— Mais oui! Il est dans la salle des périodiques, il compulse de vieux journaux. Curieux comme un singe, celui-là, c'est tout toi.

— C'est sûr! Il a besoin d'un coup de main? demanda Ken, espérant que la réponse serait un *non* catégorique.

— Oh, je ne crois pas, je lui ai déjà donné toutes les informations qu'il désirait.

— Merci, Lydia, tu as bien fait.

— Je me demande seulement pourquoi il est aussi intéressé par cet ancien maire...

— Quel ancien maire? répéta Kendred Halloway, détachant pour la première fois son regard des animateurs.

— Mais tu sais bien : Angus Scrimm, quand nous étions enfants...

— Allons, Peter, on se bouge! s'exclama Douglas. Je voudrais vraiment éviter de me faire pincer par mon oncle!

Voilà plus d'une heure que, dans la pénombre de la salle, les deux garçons visionnaient des pages du journal local, daté de 1938, sous forme de microfilms. Ils avaient trouvé divers articles sur les enfants disparus et sur les moyens que le maire de l'époque, Angus Scrimm, avait mis en œuvre pour les retrouver. Mais ils n'avaient encore rien découvert d'intéressant.

— Du calme, Douglas. Nous devons être méticuleux!

— Je sais, je sais, Peter. Mais il vaudrait mieux aller directement aux dates auxquelles ont été écrits les cahiers de mon oncle, non? Si nous voulons trouver un indice sur ce qui s'est passé la fameuse nuit où les Invisibles ont affronté Scrimm, et surtout savoir où a fini le *Malartium*...

— Salut, les garçons! Comme on se rencontre!

Un homme blond se tenait sur le seuil de la porte. En s'approchant, il retira ses lunettes de soleil et posa son gilet à multipoches sur le dos d'une chaise. Quand il ne fut plus à contre-jour, les deux garçons le reconnurent. C'était l'homme qui s'était approché de Peter quand les pompiers avaient aidé Lance à descendre de l'horloge de la mairie.

— Voilà un moment que je vous observe, j'espère que je ne vous dérange pas, dit Robert Kershaw, le détective, le fin limier, souriant toujours d'un air aimable. Moi aussi je voulais consulter de vieux journaux, mais je me suis aperçu que vous étiez arrivé avant moi… Vous faites des recherches pour vos devoirs de vacances?

«A-t-il entendu ce que nous disions?» se demanda Douglas.

— Eh bien, c'est ça! répondit Douglas, tout aussi courtois. Nous sommes dans la même classe et tous les ans, quand la rentrée de septembre arrive nous n'avons pas ouvert un livre! Alors, cette année, nous avons pensé prendre un peu d'avance. Vous n'êtes pas de Misty Bay… ou je me trompe?

— Hé, tu veux me chiper mon métier ou quoi? Non, en effet, je suis journaliste. Mon nom est Robert Kershaw, répondit l'homme, en leur tendant la main.

— Salut, lui, c'est Peter Peaky, dit Douglas, en lui rendant sa poignée de main.

— Et lui, c'est Douglas Macleod, l'imita Peter.

— Je travaille pour un magazine de voyages, reprit le journaliste, et je prépare un article sur votre jolie petite ville… Ah, je vois que vous vous intéressez aux articles concernant un maire d'autrefois…

— En effet, Angus Scrimm était maire de Misty Bay lorsque mon oncle Ken avait notre âge, et il m'en parle souvent. Maintenant, excusez-nous…

— Oh, certainement, excusez-moi vous aussi! Vous savez, nous autres journalistes, nous avons la manie de fourrer notre nez dans des domaines qui ne nous regardent pas. Déformation professionnelle, je suppose! Bon, au revoir, conclut l'homme, récupérant son gilet.

— Ouais, salut! répliquèrent en chœur Douglas et Peter.

L'homme se dirigea vers la porte, puis se ravisa.

— J'ai entendu dire ces derniers jours qu'une fillette avait disparu, dit-il en se retournant. Une certaine Crystal Cooper. Vous savez quelque chose?

— Si c'était le cas, nous serions allés en parler à la police, vous ne croyez pas? répondit Peter.

— Oui, bien sûr! Seulement, je me suis renseigné : elle est dans ta classe, n'est-ce pas, Peter? dit Robert Kershaw en consultant un petit carnet de notes. En revanche, je ne trouve pas trace de ton nom, Douglas...

Oncle Ken entra alors dans la salle.

— Salut, Douglas, salut, Peter! Je peux vous être utile? ajouta-t-il à l'intention du journaliste.

— Je m'appelle Kershaw, Robert Kershaw, je suis journaliste. Nous avons bavardé un peu, mais j'étais en train de m'en aller, répondit l'homme, en élargissant son sourire.

« Il va se décrocher les mâchoires, celui-là! » se dit Douglas.

— Dans ce cas, je ne vous retiens pas. J'ai à parler à mon neveu.

— Alors, au revoir! dit Robert Kershaw, en se dirigeant vers la porte.

— Salut, Douglas. On se verra plus tard, se hâta de dire Peter. Au revoir, monsieur Halloway!

« Hum, ça va chauffer! » pensa-t-il, tout en passant la porte tournante de la bibliothèque.

Il s'attendait à trouver le journaliste dehors, mais il n'en vit pas trace. Il s'était évanoui, comme le brouillard de Misty Bay aux premières lueurs de l'aube.

Crystal, qui épiait par la fenêtre, avait assisté à la scène de la salle des périodiques. Maintenant, elle essayait de grimper sur le rebord de l'entresol où se trouvait le bureau de Ken Halloway. «Qu'est-ce que son oncle veut lui dire?» se demandait-elle. Elle assura le bout de son pied dans l'intervalle de deux briques du mur et réussit à s'élever de quelques centimètres. Mais il lui manquait encore un bon mètre et demi. «Hum, c'est un balai volant de sorcière qu'il me faudrait...»

— Hé! Toi, tu es la petite-fille de Susan Cooper!

La fillette se retourna brusquement : c'était un homme qui travaillait dans le jardin entourant la bibliothèque.

— Tu ne sais donc pas que la police te cherche partout? Et puis, qu'est-ce que tu fabriques à grimper au mur comme une araignée?

Crystal lâcha sa prise et se laissa tomber sur l'herbe. Fixant l'homme droit dans les yeux, elle lui lâcha :

— Vous n'avez pas déjà ratissé ce côté du jardin?

— Et alors, ça te regarde? Je...

L'homme s'interrompit et plissa presque complètement ses yeux, d'un air à moitié endormi.

— Eh bien, je... En effet, j'ai déjà nettoyé par ici. Et toi, qu'est-ce que tu fais là?

— Je ne suis pas la fille recherchée par la police. D'ailleurs, je ne suis personne. Et vous ne m'avez pas vue, OK? débita Crystal d'un ton monocorde.

— Ben... Si c'est toi qui le dis. Ma parole, je parle tout seul! Ma femme a raison, je devrais prendre quelques jours de vacances...

— Bonne idée. Pourquoi ne commencez-vous pas tout de suite?

— Bien parlé! répliqua l'homme.

Il laissa tomber son râteau, tourna les talons et se dirigea vers la rue.

— Bonjour, mons... Hé!

Peter fit un bond de côté pour éviter le jardinier.

— Tu l'as vu, Crystal ? Il m'aurait fait tomber, cette espèce de demeuré !

— Il y a des gens distraits, ricana Crystal. Je t'attendais, Peter. Viens me faire la courte échelle !

— Entre, Douglas. Assieds-toi !

Ils se trouvaient dans le bureau de Ken, une pièce aménagée avec des meubles des années 1950. Au mur, une grande étagère croulait sous les vieux livres, les plus récents étant entassés pêle-mêle. Des tableaux dédicacés par leurs auteurs, des illustrateurs renommés, étaient accrochés aux murs. Douglas reconnut le style et la signature de Quentin Blake, le célèbre illustrateur anglais de livres pour la jeunesse.

— Tu as l'air un peu fatigué, Douglas. Tu as mal dormi cette nuit ?

— Un peu, oncle Ken. Encore un de ces stupides cauchemars. Peut-être parce que je suis loin de chez moi. Mais ça passera, j'en suis sûr.

— Donc, tu cherchais des informations sur Angus Scrimm ? demanda Ken.

— Oui, c'est pour aider Peter, et...

— Écoute, Doug. Veux-tu me rendre un service ?

— Volontiers, oncle Ken. Si je peux t'être utile...

— Parfait. Je te demande d'arrêter de chercher des renseignements sur cet homme. Je ne sais pas pourquoi il intéresse Peter, mais cela ne vous apportera rien de bon.

Douglas resta un moment silencieux. Puis il dit :

— Oncle Ken, toi aussi tu faisais partie des Invisibles ?

Ken regarda son neveu, stupéfait.

— Qui t'en a parlé ?

— Peter. Il dit que Crystal, avant de disparaître, lui avait raconté tout un tas d'aventures des Invisibles. Ils étaient vraiment forts !

— Bof… c'était une période de ma vie. Les Invisibles étaient une bande d'enfants comme il y en a tant, il n'y a pas de quoi fouetter un chat!

— Pourquoi minimises-tu ces choses, oncle Ken? «Forts» me semble un terme approprié pour qualifier les Invisibles!

Douglas se tourna vers la porte et vit entrer un grand homme brun, au regard jovial et pénétrant.

Il portait un élégant costume couleur anthracite, avec une cravate de soie moirée.

— Damon! s'exclama Ken, en faisant le tour du bureau pour aller à sa rencontre.

Les deux hommes se donnèrent une accolade chaleureuse, tout en riant de bon cœur. Douglas était abasourdi : ainsi c'était lui, le grand Damon Knight, le chef des Invisibles? Ouaouh! Quand il raconterait ça à Crystal et à Peter! Il se concentra au maximum pour mémoriser le plus de détails possible de son physique.

Ken et son ami devaient avoir plus ou moins le même âge, mais Damon paraissait dix ans de moins.

— Damon, tu es revenu! Enfin! s'exclama Ken.

— Revenu… revenu, c'est vite dit. Disons que j'ai eu envie de vous faire une petite visite. Et puis cette fofolle de Greta inonde mes pauvres secrétaires de mails et de messages depuis plus d'une semaine. Si je n'étais pas parti de moi-même, elles m'auraient flanqué dehors, par exaspération! dit l'homme en riant. Blague à part, je suis rudement heureux de te revoir!

— Euh, oncle Ken, je m'en vais, murmura Douglas, le rouge aux joues.

— Oh, excuse-moi, Douglas. Damon, je te présente mon neveu.

L'homme rencontra le regard de Douglas pour la première fois et, un instant, le garçon eut l'impression qu'il était stupéfait, comme s'il avait vu un fantôme. Mais l'homme se reprit aussitôt et sourit.

— Alors, tu es le neveu de Ken? dit Damon en lui serrant la main. Je suis vraiment heureux de te connaître! Viens me voir dans ma vieille villa, sur les hauteurs de Misty Bay, je te raconterai des choses intéressantes sur ton oncle!

— Merci. Merci beaucoup! murmura Douglas, de plus en plus rouge, puis il prit ses jambes à son cou.

— Il a l'air malin, ce garçon! dit Damon.

— Pour ça, oui. Un peu trop malin, même...

Damon s'assit sur une chaise, en face du bureau de Ken, qui prit place de l'autre côté.

Le silence retomba un instant, riche de souvenirs. Ils étaient réunis, les deux vieux amis, autrefois inséparables, semblables mais si différents! Damon aimait se mettre en avant, Ken était plus modeste. Pourtant, ils étaient inséparables. Ken, mine de rien, lui demandait toujours son avis. Et s'ils avaient envie de courir, Damon devançait toujours son ami, mais s'arrêtait pour l'attendre. À deux, c'est plus amusant, n'est-ce pas? Au fond, dans les compétitions entre les deux copains, Damon avait toujours eu plus de succès. Mais dans la vie?

— Alors, Ken, dit Damon, toujours ici, dans ta petite bibliothèque, hein?

Ken reprit ses esprits.

— Que veux-tu, Damon, nous avons tous fait des choix différents. Cette bibliothèque est tout mon monde, tu le sais.

Son ami sourit.

— Mais oui, je le sais. Seulement, je ne me résigne pas à l'idée qu'un type de ta valeur reste moisir dans une petite ville. Pour les autres, je ne dis pas, ils vont très bien avec le décor. À part Greta qui fait de mauvais placements financiers, il me semble. Heureusement, elle a sa voyance!

Ken sourit, mais ne dit rien.

— Et dire que nous pourrions faire de grandes choses ensemble ! Si seulement tu voulais... Et je ne parle pas seulement de mes mines en Afrique du Sud !

— Je te l'ai dit, Damon, ces choses-là ne m'intéressent pas. Tout mon monde est là !

Les vieux amis restèrent encore un long moment les yeux dans les yeux. Ils auraient voulu se dire tant de choses... mais ils s'en étaient déjà trop dit.

Damon sourit enfin.

— Venons-en au fait, reprit-il. J'ai parlé de Greta. Toi, tu m'as mis au courant pour Susan et Mark. Et tu soutiens que Scrimm est de retour ? Quel est ton avis sur la question ?

— Eh bien, s'il en est ainsi, nous sommes dans de beaux draps, et jusqu'au cou !

De nouveau, un petit silence s'installa. Puis Damon demanda :

— Ken, ce n'est pas toi qui as le livre, n'est-ce pas ?

— Combien de fois faudra-t-il le dire ? s'énerva Ken. Depuis cette maudite nuit-là, quand je suis allé chez le shérif pour tout raconter, je n'ai plus revu ce bouquin. Vous avez été les derniers à l'avoir eu entre les mains, tu le sais bien. Moi, je ne sais même pas comment ça s'est terminé, entre Scrimm et vous.

— Cela *semblait* terminé, Ken. *Semblait* seulement...

— Hé, où êtes-vous ? siffla entre ses dents Douglas, en traversant le jardin.

Il tourna à l'angle du bâtiment, passant sur le côté gauche de la bibliothèque et resta bouche ouverte : un peu plus loin, Crystal était en équilibre sur la tête de Peter qui, le dos au mur, n'avait pas l'air à la fête.

— Crystal, tu vas me scalper ! se lamenta-t-il.

— Pfff! Quel casse-pieds! J'y suis presque... Tu ne peux pas te mettre sur la pointe des pieds?

— Hé, c'est moi que vous cherchez? demanda Douglas en souriant.

— Ouf, tu es là! Merci, Douglas!

— Damon est arrivé? s'exclama Crystal, quand Douglas leur eut tout raconté. Comment est-il? Beau? Je veux dire...

— Beau? Je n'en sais rien. Il a l'air en forme, pas très jeune, tu sais. Il m'a invité à venir chez lui. Il m'a dit qu'il me raconterait quelques aventures de mon oncle, probablement quand il faisait encore partie des Invisibles. J'irai sûrement.

— Pourquoi pas cette nuit? proposa Crystal.

— Cette nuit? répondit Douglas en écho.

— Oui. La maison de Damon n'est pas très loin de la tienne.

— Et alors?

— Réfléchis : puisque chaque nuit Scrimm élimine un des anciens Invisibles, dorénavant notre devoir est de nous poster près de chez eux et de monter la garde pour qu'il ne leur arrive rien. Ce serait la première véritable mission des nouveaux Invisibles. Qu'en dites-vous?

— Alors moi, je prends Damon. Et mon oncle Ken?

— Tu pourrais le surveiller aussi, en faisant les cent pas d'une maison à l'autre. Peter et moi, nous ne pouvons t'aider car nous devrons tenir Greta et Devlin à l'œil. Mais je ne crois pas que ton oncle coure un danger immédiat.

— Comment en es-tu aussi sûre?

— Eh bien, d'après la lecture des cahiers de son journal, il semble clair qu'il n'a pas accompli le rite magique avec les autres Invisibles. Ce sont les autres qui ont mis Scrimm en échec et, d'après moi, il n'en veut qu'à eux seuls. Lorsque tout est arrivé, ton oncle ne faisait plus partie de la bande.

— Et si tu te trompais?

— Je ne me trompe pas. Mon souci est plutôt que tu ne roupilles pas. Tu as l'air plutôt crevé...

— Le problème n'est pas là. Je peux ne pas dormir pendant une semaine. Une fois, dans un cinéma près de chez moi, il y a eu une projection non-stop de films d'horreur qui a duré vingt-quatre heures. À la fin, il ne restait plus que moi dans la salle. Mais je...

— Hum... Je resterai en contact constant avec vous par télépathie. Si l'un de vous est en danger, je le *sentirai* et j'avertirai les autres.

— Contact télépathique? ricana Douglas. Arrête, Crys, tu ne crois pas que tu exagères?

— Quoi? Tu ne me crois pas? Mets-moi à l'épreuve!

— Soit. Hum... Voyons... J'y suis : Qu'est-ce que je pense?

Crystal se concentra un bref instant :

— Tu commences à me trouver mignonne... Tu espères qu'il n'y a rien entre Peter et moi...

— Hé? Qu'est-ce que tu nous chantes? s'écrièrent les garçons, rouges comme des tomates.

— Mais moi... mais moi... je ne pensais qu'au titre d'un film! protesta Douglas.

— Oui, bien sûr, répondit Crystal, d'un petit air satisfait. *J'ai épousé une sorcière,* c'est le niveau de pensée le plus superficiel. Il y a d'autres niveaux de lecture de la pensée, tu sais!

Crystal coupa court et, sur une cabriole en arrière, elle atterrit droit dans un buisson.

Douglas écarta les feuilles :

— Et si tu te trompais quand même sur le compte de mon oncle? hurla-t-il.

Mais du buisson ne lui parvint que le bruit lointain de pas sur les feuilles.

— De toute façon, elle ne m'intéresse pas du tout, cette fille, précisa Peter.

— Moi non plus. Avec nous, elle est tombée sur un bec.

Puis Peter reprit :

— Et pour le titre du film, elle a deviné ?

— Ben... oui, elle a mis dans le mille !

Douglas fit deux pas, puis se tourna vers son ami, l'air menaçant :

— Et alors, qu'est-ce que tu veux insinuer ?

— Moi ? protesta Peter d'un air innocent.

Ils reprirent leur chemin, sans plus dire un mot.

14

Une victime inattendue

Cette nuit-là, le brouillard était bas sur la ville. Mais, au-dessus, le ciel était si clair que l'on aurait pu compter les étoiles. Cela donnait une sensation étrange, comme si le manteau de laine qui enveloppait Misty Bay s'ouvrait directement sur l'espace.

Malheureusement, Douglas avait peine à rester éveillé. Il aurait bien compté les étoiles... Mais si cela faisait le même effet que compter les moutons?

Son oncle et sa tante étant allés dormir, il descendit dans la cuisine. Il trouva un sachet de café soluble et le dilua avec deux doigts d'eau chaude. Il but ce breuvage d'un trait. «La prochaine fois, se dit-il, j'y mettrai du sucre!» Dans la petite armoire à clés, il prit celle de la porte de derrière.

Grimper sur un vieux châtaignier, près de la maison de Damon Knight, fut un jeu d'enfant. Le gros arbre avait l'intérieur creux et son tronc portait deux trous qui lui facilitèrent l'escalade. Il s'installa sur la branche la plus robuste et écarta les feuilles pour mieux observer l'extérieur.

Il scruta attentivement le bâtiment, éclairé par de faibles rayons de lune. Il en fut impressionné. La maison comportait trois étages. Un petit bois touffu, ceint d'une palissade, l'entourait sur près des deux tiers. Mais l'arrière s'adossait complètement à la montagne. On avait même l'impression que la maison avait été directement creusée dans le granit, tant elle épousait bien la pente naturelle. À l'endroit où la montagne faisait un creux, la maison s'y adaptait parfaitement. Et là où la montagne était en pente raide, la maison s'élevait, parcourue d'un long couloir en diagonale, entièrement revêtu de parois de verre.

«Quel effet cela fait-il d'habiter dans une telle maison, avec des escaliers et des paliers partout, et des murs en creux et courbes?» se demandait Douglas. C'est alors que lui parvint un contact télépathique de Crystal.

— Douglas, arrête de résister. Si tu t'obstines à t'opposer à mon esprit, à le repousser, comment puis-je maintenir le contact?

— Tu crois que j'aime ça, moi, d'avoir quelqu'un sans arrêt sur le dos? *Ouh, que je suis mal sur cette branche!*

— Pfff... Et douillet avec ça! D'accord, je ne te surveillerai pas en permanence. Je conserverai un contact «neutre», je suis très entraînée. La télépathie a été...

— ... la première chose que t'a enseignée ta grand-mère... Tu te répètes!

Quelle étrange sensation! Le garçon n'entendait pas directement les paroles de son amie. Il en percevait les intentions, l'état d'âme, l'humeur. Tous ces éléments se reformaient en lui et se traduisaient en une sorte de langage codifié. En revanche, il éprouvait une plus grande difficulté à élaborer sa propre pensée. S'il formulait une phrase sensée, elle était soudain bombardée par tout un tas d'images, par exemple des cuisses de poulet, des événements de la journée et surtout des visions terrifiantes. Sans exclure une bonne dose de malaise.

— En cas de danger – *pas assez de pommes de terre ce soir* –, il vaudrait mieux – *pas pratique, pas pratique!* – que je me mette en contact avec oncle Ken, hasarda Douglas.

— Hé, nous ne sommes pas au téléphone! La télépathie

ne fonctionne pas comme ça : tu dois laisser ton esprit grand ouvert, pour qu'il se crée entre nous un flux de pensée. Je sais, au début, on se trouve un peu ballot, mais...

— Ballot, moi? Pourquoi me sentirais-je ballot? *Oh! là là! Quelle honte!* Bon, tu m'as convaincu. Je vais essayer de «m'ouvrir» un peu plus, ça te va? *Qu'est-ce que je transpire! Je coule comme une fontaine.* Pourquoi ne vas-tu pas faire un tour du côté de Peter? *Visions embarrassantes! Visions embarrassantes! Au secours!*

Douglas se demanda si on pouvait rougir mentalement.

— D'accord, essaie de te calmer. On s'entendra plus tard. Peter, tu es là? J'essaie de t'insérer toi aussi dans le «contact»...

— Je te reçois, Crys! Je suis en planque derrière une camionnette, près de chez Devlin Stevenson. Tout est calme, la maison est plongée dans le noir, sauf la chambre à coucher. Il a sûrement une insomnie. Je dois dire que si j'étais dans son cas... *Ouarf, je bâille...*

C'est donc ainsi que ça fonctionne, pensa Douglas, tout en cherchant à calmer son cœur battant la chamade, et en essuyant la sueur de son front avec un mouchoir. Quand le contact télépathique est créé, il se maintient ouvert en permanence. C'est mieux qu'un talkie-walkie, mais plus embarrassant. Et plus il pensait que c'était embarrassant, plus il pensait à des sujets embarrassants.

— Oouaouh, Doug! (Inopinément, il reçut une perception de Peter.) Cette vendeuse du drugstore ne me laisse pas indifférent non plus!

— Va au diable, Peter. Sois un peu sérieux, non?

— Douglas a raison, Peter, intervint Crystal. Gardons nos petits secrets pour nous, sinon ça finira mal!

— Un moment! Vous vous souvenez de ce film, *Le Village*

des damnés ou *des maudits,* enfin, quelque chose comme ça? Il y avait des enfants qui lisaient dans les pensées. Le héros se concentrait sur un mur de briques et il s'isolait derrière!

« Ah oui, super! Je l'ai vu ce film! » pensa Peter.

— Peter! Je t'ai dit de ne pas intervenir, coupa Crystal, entrant dans le dialogue.

— M'enfin, quoi! On ne peut pas faire un peu de conversation?

Finalement, grâce au truc du mur, Douglas récupéra un peu de sa tranquillité.

Les heures avaient passé et rien, absolument rien ne s'était produit. Crystal n'avait pas cessé de fixer le mur de Greta Rowlands. Tout se taisait. Au fond, c'était mieux ainsi.

La fillette avait un mal de tête à casser des cailloux. C'était la première fois qu'elle essayait de partager l'esprit de deux personnes en même temps, et pendant aussi longtemps.

C'était surtout le bruit qui la tourmentait. Ses yeux clignotèrent, une douce torpeur s'insinuait en elle... Hé là, minute, papillon! Ces sensations n'étaient pas les siennes, ce n'était pas elle qui s'endormait!

— Douglas! Douououglas!

L'impulsion mentale fut si forte que le garçon faillit dégringoler de son arbre.

— Hein? Quoi? Que se passe-t-il?

— Il se passe que tu es en train de t'endormir! Je savais bien que tu aurais du mal à résister! Voyons, décris-moi ce que tu vois, ça te tiendra éveillé!

— Euh... eh bien... *un bon sandwich au fromage...* je vois la maison de Damon Knight...

«Comment est-elle? Fais-m'en une description détaillée : tracé, structure, diagnostic architectural», pensa Peter.

— La barbe, Peter, tu es casse-pieds, même quand tu

penses ! Bon, je vais essayer... On dirait... On dirait un de ces villages troglodytes, dans les montagnes d'un désert du Mexique. Je crois bien avoir lu une histoire d'oncle Picsou située dans une de ces...

— Ah oui : *Les Sept Cités de Cibola !*

— Bravo, réponse exacte ! Et maintenant, salut la compagnie !

— Voyons, Doug, qu'est-ce que tu fais ?

— Je tire ma révérence, voilà ce que je fais !

— Contrôle ton émotivité, Doug, ou tu finiras par faire le jeu de Scrimm !

— Cette fois, Peter a raison Douglas !

— On se calme ! Je vais juste contrôler que mon oncle est bien... Oh !!

— Douglas ! Qu'est-ce qu'il y a ? Ouvre ton esprit et fais-nous participer !

Pas de réponse de Douglas. Silence. Plus aucune perception, comme si le garçon s'était évanoui dans le vide.

— Peter, Peter, tu me reçois ?

— 5 sur 5, Crys. En revanche, je *n'entends* plus Douglas !

— La liaison est interrompue. Il lui est arrivé quelque chose ?

— Hé ! Il y a quelqu'un là-haut ? demanda Douglas.

Tout à coup, les lumières des réverbères avaient baissé d'intensité et les feuilles au sommet de l'arbre s'étaient mises à frémir, comme si quelqu'un se glissait parmi les branches.

Douglas se déplaça vers le tronc de l'arbre, prêt à sauter au sol.

— Il y a quelqu'un ? répéta-t-il.

— Oui. Moi !

Une voix claire résonna dans la frondaison.

— Qui es-tu ? Que fais-tu là-haut ?

— Elle est bonne, celle-là ! C'est à toi que je devrais le demander. Après tout, il est parfaitement naturel que je sois là, moi !

Douglas alluma sa torche électrique et la dirigea vers le haut.

— Je t'avertis que je ne suis pas d'humeur à m'amuser. Sors de là ou mes amis et moi nous te réduirons en miettes !

— Ouh, des menaces ! Me réduire en miettes ! Tu es bien impertinent, mon garçon !

Le faisceau de la torche s'insinua dans le creux du tronc, mais ne dévoila qu'un nid d'araignées. « Bon, rien par ici », pensa Douglas. Et il continua à fouiller dans les feuilles. Soudain, il vit luire les deux yeux… d'un hibou !

— Voudrais-tu être assez gentil pour m'ôter cette lumière des yeux ? l'apostropha l'oiseau.

— Mais… Comment est-ce possible ?

— Quoi donc, mon garçon ?

— Ben… Les hiboux parlent, maintenant ?

— Pas quand ils n'ont rien à dire…

— Bon, cette fois je m'en vais, marmonna Douglas, qui commença à descendre de l'arbre.

— Eh, pas si vite ! grinça le hibou. Je voulais te présenter *mes amis* !

Douglas s'arrêta.

Il entendait, venant de l'intérieur du tronc, d'étranges grattements, comme si des milliers de cafards couraient sur un parquet de bois avec leurs petites pattes.

— Tu sais, poursuivit le hibou, ils aiment beaucoup les arbres et n'aiment pas qu'on casse leurs branches…

Le bruit s'enflait, se rapprochait de l'ouverture du tronc. Quelque chose se préparait à en sortir.

— Mais je… je n'ai cassé que quelques rameaux secs, pleurnicha Douglas, les yeux fixés sur la fente.

La sueur coulait le long de son échine.

« Mais qu'est-ce que je fais ? se dit-il tout à coup. Voilà que je parle à un hibou ! »

Il se prépara à sauter…

C'est alors qu'ils sortirent.

C'étaient des dizaines de petits êtres, pas plus grands que son pied, à la peau verte et poilue, avec des pattes arquées. Leurs yeux rouges comme des groseilles brillaient d'une haine féroce.

— Vous n'êtes que… des farfadets ! eut-il le temps de crier, avant qu'ils ne lui aient tous sauté dessus.

Douglas hurlait.

Il hurlait, hurlait encore. Il n'avait pas assez de force pour s'agripper à l'arbre et ses ongles s'écaillaient sur l'écorce. Ses pieds commencèrent les premiers à disparaître dans la grosse fente.

Les farfadets semblaient animés d'une étrange frénésie. Ils continuaient à courir, marmonnant des paroles incompréhensibles, autour et au-dessus de lui, allant s'accrocher là où le garçon tentait de résister. Ils lui mordirent et lui griffèrent la main, jusqu'à ce qu'ils lui aient fait lâcher prise. Puis ils attaquèrent l'autre main.

Il était dans le tronc jusqu'à la taille. D'ici peu, tout son corps y passerait.

Peter, lui, ne savait plus où il se trouvait.

Le brouillard était plus épais et il avait perdu le sens de l'orientation.

— Crys, où es-tu ?

— Je n'en sais rien de rien, Peter. Je ne vois rien ! Il faut interrompre la liaison !

— Comment ? Pourquoi ?

— Je veux tenter quelque chose. Toi, continue à courir !

Crystal s'arrêta, essoufflée, pliée en deux par un point de côté. Non, ça n'allait pas du tout. Elle ne pouvait pas continuer à courir sans savoir où elle allait. Que disait donc sa grand-mère à ce propos ?

« Il ne faut pas donner à la vue plus de valeur qu'elle n'en a. Se fier seulement à ses yeux est une grosse erreur ! »

Puis elle lui avait bandé les yeux et l'avait fait tourner sur elle-même. Elles étaient dans un bois et Crystal devait retrouver son chemin à l'aveugle. Elles avaient joué plusieurs fois à ce jeu. « Tu verras, cela t'aidera à affûter tes autres sens, disait-elle. Aspire les odeurs de la nature, accueille-la en toi car nous en faisons partie. Nous avons trop tendance à l'oublier ! »

Crystal n'avait jamais retrouvé le chemin sans jeter un coup d'œil en cachette.

Mais, maintenant, il n'était plus question de jouer et elle ne pouvait pas tricher. Au lieu d'essayer de voir à travers le brouillard, elle ferma les yeux et se relaxa.

« Accrois tes perceptions, accrois tes perceptions », se répéta-t-elle.

Un chien aboyait un peu plus loin, la sirène d'un bateau hululait dans le port, une voiture passait au loin, le rideau de fer d'un magasin s'abaissait. « Sélectionne les bruits, analyse-les… se dit Crystal. Un rideau de fer qui descend, à quatre heures du matin ? Cela pourrait être un boulanger… ou le garage d'une maison. Essayons autre chose… »

« Accueille en toi la nature… »

Que voulait-elle dire ? Crystal se concentra davantage. Il y avait un chat dans les parages : il soufflait, crachait peut-être contre un rival. Elle n'avait jamais cherché à instaurer de «contact» avec un animal. On dit que les animaux ont un don de télépathie et des perceptions extrasensorielles.

— Guide-moi, mon minou. La maison de Damon n'est pas loin. Tu la connais peut-être, guide-moi…

Crystal tenta de projeter dans le cerveau du félin l'image de la maison de Damon Knight. Quelque chose bougea plus loin, dans le brouillard. C'était un chat noir et blanc.

La fillette courut derrière lui.

L'animal était plus rapide qu'elle, il détala dans la rue en pente, de plus en plus vite.

— Attends-moi, mon joli! Tu vas trop vite pour moi, attends-moi!

Mais le chat ne ralentit pas et disparut prestement dans le brouillard.

Crystal se sentit envahie par le découragement. Elle était de nouveau seule, et ne savait même pas si le chat la conduisait dans la bonne direction.

Elle se concentra encore…

Qu'y avait-il autour d'elle? Des vibrations, des vibrations…

Des chauves-souris? Les chauves-souris n'utilisent pas leur vue, mais des vibrations. Elles ont une sorte de radar.

— Aide-moi, mon amie… Apprends-moi à me servir des vibrations.

Crystal se mit à courir lentement, les yeux toujours fermés. Vibrations…

Cela lui réussit le long de quelques immeubles. Elle courut à perdre haleine, mais l'effort était trop grand. Cette fois encore, elle perdit le contact et s'arrêta. Quelque chose lui disait qu'elle y était presque. Elle le sentait. Et elle commençait à percevoir l'angoisse de Douglas.

Elle essaya de la chasser de son esprit et s'ouvrit de nouveau à ses perceptions.

«Qu'est-ce donc que cette odeur? Une plante. Il n'y en a pas dans ce quartier, elle doit donc provenir d'ailleurs. Grand-mère m'a appris à reconnaître le parfum des plantes. Où est donc planqué Douglas? Ah, en haut d'un châtaignier. J'y suis! Enfin... peut-être!»

Mais désormais, il était trop tard.

La tête de Douglas disparut dans le grand creux de l'arbre.

Tandis qu'il glissait dans l'intérieur chaud et humide du tronc, il apercevait en haut l'ouverture qui rapetissait de plus en plus. Elle était maintenant très loin. Les farfadets l'entraînaient dans les entrailles de la terre, sous Misty Bay.

Douglas pleurait, implorait, mais tout était inutile.

Il pleurait et hurlait...

— *Douglas!*

Il pleurait et hurlait...

— *Douglas!*

Il pleurait et hurlait...

— *Douglaaaas!*

C'était la voix de Crystal. Mais d'où provenait-elle? Comment...

— Douglas, réveille-toi! Tu rêves! Tu m'entends? Tu es en train de rêver!

Douglas ouvrit les yeux tout grands. Crystal le secouait comme un prunier. Il n'était pas sous terre, mais à l'air libre... sur le trottoir... sous le châtaignier. La maison de Damon Knight se détachait plus loin, dans le brouillard.

«Je suis dehors, pas sous terre!»

— Crystal, que se...

— Je voudrais bien le savoir aussi, Doug.

— Je ne me suis pas endormi, Crys, je te le jure. C'était si réel, si réel… Ce n'est pas ma faute! Je ne sais pas ce qui m'est arrivé. Tu me crois?

Crystal soupira, épuisée.

— Je te crois, Doug.

— Merci, Crys, merci!

Douglas la serra dans ses bras et elle répondit fortement à son étreinte.

— Eh bien, vous voilà, tout de même! s'exclama Peter, qui arrivait en courant. Que s'est-il passé?

— Tu sais, Peter, commença Crystal en lâchant Douglas, nous nous sommes bien fait avoir!

Devlin Stevenson ouvrit les yeux et de la main chercha instinctivement sa femme, sur la partie gauche du lit. Il ne la trouva pas, naturellement, car il l'avait convaincue d'aller passer quelques jours chez une amie, qui habitait hors de la ville. Il se sentait en danger et ne voulait pas l'impliquer dans cette affaire. Quoi qu'il puisse arriver, il y ferait face seul.

Car on affronte seul son destin.

Cette nuit-là, il s'était promis de rester éveillé, mais le sommeil et les ans avaient eu raison de lui. Comme cela lui arrivait ces derniers temps, il rêvait souvent à ce garçon rondouillard. Les Invisibles, la tempête, Scrimm qui dirigeait son poignard vers Damon…

Et le jeune garçon.

Comment avait-il pu l'oublier, pendant toutes ces années, comme s'il n'avait jamais existé? Pourtant, son apparition avait été si mystérieuse, si providentielle… S'il ne s'était pas sacrifié cette nuit-là, Damon serait mort et les Invisibles auraient été vaincus.

Mais son corps, qu'était-il devenu? Nul ne l'avait jamais retrouvé…

Soudain, il sentit qu'il n'était pas seul.

Quelle sensation étrange… L'air de la chambre se faisait de plus en plus froid.

— Qui est là ? demanda-t-il dans le vide.

La lampe sur sa table de chevet s'éteignit.

Le lendemain, la nouvelle se répandit dans tout Misty Bay comme une traînée de poudre : un autre décès s'était produit.

Devlin Stevenson était mort.

Crise cardiaque.

Intermède

Le vieillard sourit, satisfait. D'un lent mouvement du bras, il essuya la sueur qui perlait sur son front.

Il contempla l'échiquier. Avant de le dissimuler, avec ses pièces, il lui faudrait mémoriser les positions qu'elles occupaient toutes. La mémoire ne lui faisait pas défaut, non. Il se souvint de la façon dont il avait commencé la partie, bien avant d'avoir fabriqué l'échiquier, quand il était encore prisonnier de la montagne.

La partie était bien engagée. L'adversaire avait fait quelques mouvements, mais les pièces du vieux avançaient inexorablement, comme une tempête qui s'annonce.

Il se fit une suite de réflexions sur la magie cachée dans les échecs, et sur la facilité avec laquelle on pouvait contrôler les êtres humains. Il suffisait de placer les pièces et de laisser agir l'enchantement adapté à la situation.

Maintenant, à chaque mouvement des pièces sur l'échiquier correspondait une action des êtres humains.

Trois étaient déjà morts… et il y en aurait d'autres. C'était le prix inévitable de cette partie, dont l'enjeu était si important pour lui.

Il retira calmement ses pièces.

Ah, ce cavalier, c'est ce curieux de Robert Kershaw, le journaliste qui fourre son nez partout. Et cet autre cavalier, c'est ce rêveur de Kendred Halloway. Qu'y avait-il comme autres pièces, déjà? Ah oui, deux fous : Crystal, la jeune et intrépide petite-fille de Susan Cooper, et son ami fidèle, Peter.

Mais il y avait surtout sa pièce maîtresse : la reine ! S'il s'était agi d'un jeu de cartes, il l'aurait définie comme son atout maître.

Le généreux, l'innocent Douglas Macleod.

Le *portail*.

15

Sur la piste du fin limier

Robert Kershaw, le fin limier, se trouvait dans la bibliothèque, plus précisément dans la petite pièce où l'on pouvait consulter sur microfilms d'anciens numéros de journaux. L'unique éclairage provenait de la visionneuse sur laquelle défilaient les pages du quotidien local, daté de 1938. C'était l'année que lisaient les ados quand il les avait surpris, la veille.

Son flair le poussait à les surveiller de près. Car plus il enquêtait, plus les traces le menaient vers eux.

Comme à son habitude lorsqu'il arrivait en un lieu nouveau, il passait ses soirées dans une brasserie, près du poste de police. Pour se tenir au courant des faits nouveaux, il n'y avait pas mieux que de tailler une bavette avec le policier de service. De fait, beaucoup ne se faisaient pas trop prier pour parler de leur travail, surtout avec la perspective d'une chope de bière.

Un événement était sur toutes les lèvres : la mort de vieux habitants de la ville. Mais ce que la plupart des gens ignoraient, c'est que les vêtements des cadavres étaient tous imprégnés d'*eau de mer*. Curieux, n'est-ce pas, étant donné que les rapports du médecin légiste concluaient à des morts naturelles…

Ces personnes s'appelaient… Robert Kershaw feuilleta son carnet de notes tout froissé qui ne quittait jamais une poche de son gilet : Susan Cooper et Mark Warrick. Et ce matin, l'un de ses informateurs du bureau du shérif lui avait appris la mort de Devlin Stevenson, dont le cadavre avait été découvert par sa femme de ménage. Même conclusion que pour les deux précédents.

Le journaliste inscrivit chaque nom sur un feuillet de son carnet et les plaça devant lui, l'un sur l'autre.

Un autre événement était préoccupant : la disparition d'une fillette, Crystal Cooper, petite-fille de Susan Cooper. Robert examinait son visage sur les avis de recherche apposés partout dans Misty Bay.

Il plaça l'un de ces avis à droite des feuillets portant les noms des décédés récents.

Crystal était la camarade de classe de Peter, le garçon qu'il avait vu la veille en compagnie de l'autre, Douglas. Ce dernier prétendait aussi être un ami de classe de Peter, mais c'était faux, Robert l'avait vérifié. Pourquoi avaient-ils menti ? De toute évidence, ils avaient quelque chose à cacher. Mais quoi ?...

Et qui protégeait Peter ?

Lance, cette espèce de voyou, n'était pas arrivé tout seul sur l'horloge de la mairie. Il y avait aussi quelque chose de curieux : l'auteur de l'écriteau qu'il portait au cou avait signé du même nom que ce groupe de jeunes dont Robert suivait la trace depuis si longtemps, dans tous les États-Unis : les Invisibles.

Était-ce une coïncidence ?

Dans l'une de ses poches, il pêcha un carnet encore plus vieux que l'autre. Il le feuilleta et trouva ce qu'il cherchait : les noms des mystérieux jeunes que ses recherches lui avaient fait connaître. Il arracha d'autres feuillets blancs et écrivit sur chacun d'eux les prénoms : Greta, Mark, Susan et Devlin.

Mark.

Susan.

Devlin.

Les prénoms des personnes récemment décédées !

Robert était troublé. Encore une coïncidence ?

Machinalement, il tira une cigarette de son paquet. Puis il se souvint qu'il était interdit de fumer dans la bibliothèque. Il la rangea avec impatience.

Il reprit du début.

Il préleva une feuille blanche dans la photocopieuse placée près de la table de travail et dressa la liste des éléments que tous ces morts avaient en commun.

Et d'abord, les Invisibles. D'un côté, la bande de justiciers fantômes, de l'autre les Invisibles de Misty Bay.

Puis les noms de Mark, Devlin et Susan.

Crystal, la gamine disparue, était la petite-fille de Susan. Il écrivit son nom et le relia par une flèche à celui de la femme.

Crystal était la camarade de classe de Peter. Une flèche la relia à Peter qui, à son tour, fut relié par une flèche aux Invisibles de Misty Bay.

Ensuite, il y avait Douglas (flèche vers Peter), neveu de Kendred Halloway, le directeur de la bibliothèque… et ami de longue date des personnes défuntes. *Ami d'enfance* des personnes défuntes.

Arrivé à ce point, il s'arrêta.

Tout cela était intéressant. Mais cela menait… où ?

Il leva les yeux sur la visionneuse. L'année du journal que les jeunes avaient consulté était 1938.

En 1938, Kendred Halloway et ses amis avaient à peu près l'âge de Crystal, Peter et Douglas.

C'était pile le bon âge pour former un groupe d'amis pour s'amuser et partager des aventures.

Une belle expérience d'enfance à raconter plus tard à ses propres enfants…

Richard se leva et ramassa en hâte ses feuillets épars.

Son flair lui envoyait un autre signal. Il lui disait que cette fillette, Crystal Cooper, savait sûrement ce qui était arrivé à sa grand-mère. Et aussi aux vieux amis de sa grand-mère.

Cette petite, il fallait absolument lui mettre la main dessus.

16

Sens dessus dessous dans l'espace-temps

— Nom d'un chien, Doug, tu es pâle comme un navet et tu as l'air de plus en plus abattu ! dit Crystal, en le voyant passer la tête à l'entrée de leur grotte, rebaptisée le « repaire des pirates ». Tu n'as pas fermé l'œil de la nuit ?

Douglas s'assit sur un petit tas de sable, auprès de ses deux copains.

— Et qui aurait le cran de dormir, maintenant ? Je ne peux pas penser à autre chose qu'aux Invisibles et à Scrimm… Et je ne me nourris que de café au lait ! Alors, on laisse tout tomber ou nous nous lançons dans la grande aventure ?

— En fait, Doug, dit Peter après avoir pris une grande inspiration, Crys et moi considérons que cela n'a pas de sens de lutter contre un ennemi beaucoup plus puissant que nous.

— Ah, enfin une idée intelligente !

— Évidemment, si nous dispositions du *Malartium,* ce serait tout différent ! poursuivit Peter.

— Et si nous pouvions mettre la main dessus avant Scrimm, on pourrait lui botter le der… euh, le combattre à armes égales… ou même supérieures ! conclut Crystal.

— Oui, mais nous ne l'avons pas, voilà tout ! Et alors, pourquoi est-ce que nous ne pouvons pas faire comme les autres, c'est-à-dire passer un été à nous amuser et... Quoi? Pourquoi me regardez-vous comme ça?

— Peter a une idée hardie, et qui pourrait fonctionner, reprit Crystal.

— Une idée qui ne le concerne pas, lui, j'imagine! reprit Douglas, sur la défensive.

— Tu dis toi-même que lorsque tu t'endors, tu ne peux pas t'empêcher de rêver des Invisibles, pas vrai? objecta Peter.

— Hum... je l'admets...

— De plus, tu ne rêves pas de leurs aventures façon méli-mélo. Tu avances selon une progression précise dans le temps...

— Où veux-tu en venir?

— Écoute, Douglas, intervint Crystal. Lorsque nous nous sommes connus, je t'ai dit que tu étais un portail, tu te souviens?

— Bien sûr! Dès le début, j'ai pensé que tu étais une vraie tordue!

— Vois-tu, un portail est un individu capable d'ouvrir un passage entre une dimension et une autre, aussi bien dans le temps que dans l'espace. Toi, par exemple, tu peux, quand tu dors, assister en tant que spectateur à des événements qui se sont produits par le passé.

— Tu me l'as déjà dit, mais pourquoi est-ce que je réussis à *voir* les Invisibles, justement eux et personne d'autre? Cela ne m'était jamais arrivé avant de venir à Misty Bay. Et depuis, je n'arrive plus à faire un rêve correct!

Crystal poussa un soupir.

— Je ne sais pas, Doug. Du moins pas encore!

— Et moi, je croyais que tu t'y connaissais!

— De toute façon, tu es dans cette histoire jusqu'au cou, Douglas! Si tu quittais Misty Bay à l'instant, tu serais poursuivi exactement par les mêmes rêves. Et par d'autres encore.

Douglas fixa ses deux amis dans les yeux.

— Ainsi, selon vous, ma seule chance de reprendre une vie normale est de résoudre ce mystère au plus vite?

— Affirmatif! C'est notre avis, Douglas, répondit Peter en baissant les yeux.

Douglas se tourna vers Crystal :

— Bon, j'écoute votre super-idée!

— Une expérience de parapsychologie dont tu serais l'élément actif...

— Ah, je me disais aussi...

— Pour cela, j'ai mis à l'épreuve toutes mes capacités d'hypnose et de télépathie... Cette fois, nous allons les faire fonctionner ensemble. Je pourrais essayer de t'hypnotiser, d'entrer en contact mental avec toi et Peter, et t'amener ainsi à «rêver» ce qui s'est passé la nuit où les Invisibles ont vaincu Scrimm et perdu le *Malartium*...

— J'imagine que tu plaisantes!

— Malheureusement non, Doug!

— Eh bien, tes expériences... tu sais où... oublie!

Et c'est ainsi que, peu après, Douglas se retrouva étendu par terre. Crystal et Peter étaient agenouillés près de lui, chacun lui tenant une main.

— Crys, gémit Douglas, promets-moi que si je suis en danger, tu me réveilleras immédiatement.

— Je te le jure. Mais, maintenant, fais-moi le plaisir de te détendre.

— Tu parles! On voit bien que tu n'es pas dans mes baskets!

— C'est vrai, mais relaxe-toi et regarde-moi dans les yeux.

— Je dois quand même t'avertir que ce n'est pas très facile d'hypnotiser quelqu'un. Une fois, j'ai assisté avec mon père à une séance de magie et...

— Et? Et alors?... demanda Peter.

— Chut! Tais-toi, il s'est endormi! chuchota Crystal.

L'expérience avait commencé.

— Le Malartium *est très clair, dit Damon.*

Ken Halloway, son ami de toujours, lui manque énormément. Il a perdu son soutien et il se sent maintenant plus vulnérable. Mais il ne doit pas aller le voir.

Les Invisibles se trouvent dans leur refuge sur la falaise. La grotte que, soixante ans plus tard, Crystal, Peter et Douglas choisiront pour base. Dehors, la tempête fait rage.

— ... Écoutez, vous aussi, poursuivit Damon d'un ton apparemment privé d'émotion. Un enfant pur et innocent peut réussir à mettre en échec le pouvoir d'un sorcier, s'il jure sur ce qu'il a de plus cher de ne pas céder aux flatteries du pouvoir, de ne pas laisser son esprit se dessécher, de ne pas renoncer à ses idéaux et à ses rêves, comme cela se produit à l'âge adulte.

— Ah, jusqu'à présent, tout est simple ironisa Mark.

— Attends, il y a autre chose : «Cependant, pour rendre l'enchantement efficace, le jeune devra accomplir un ultime sacrifice en versant le sang d'un enfant de son âge.»

Quelle horreur!

Un sursaut. Mais il ne vient pas des Invisibles.

— Attention! Il y a quelqu'un d'autre ici? s'exclame Damon, se dressant d'un bond.

— Qu'est-ce qu'il te prend, Damon? Je n'entends rien! proteste Greta.

— J'ai cru entendre un sanglot... dit-il en se rasseyant. J'ai dû me tromper. Alors, vous êtes d'accord?

— À faire le «sacrifice du sang»? Tu es fou? Tu voudrais tuer l'un de nous? Lequel?

— Du calme, Susan. Qui parle de tuer? Le livre dit «verser le sang», pas assassiner!

— Que faut-il faire alors? intervient Mark.

— Une petite coupure au couteau suffit... Je te coupe, tu coupes Susan, Susan coupe Devlin... ainsi de suite jusqu'à moi. Qu'en dis-tu?

— Je dis que Susan a raison : tu es dingue! Moi, je ne veux pas me faire taillader!

— Bravo, Mark! dit Greta. Trouvons une autre idée!

— Non, moi, j'approuve, dit Devlin.

— Ah bon? Mais tu l'as bien entendu? lui demande Mark.

— En fait, il y a... il y a mon ami Russel Everett parmi les enfants enlevés, vous le savez. Une petite coupure ne me semble pas grand-chose par rapport à ce qui peut leur arriver. Je n'ai pas le cœur à les abandonner. Et vous?

Les Invisibles baissent le nez et se taisent, embarrassés. Personne n'ose plus rien dire.

— Damon, coupe-moi, dit alors Devlin en lui tendant son propre couteau à cran d'arrêt. Fais-moi une petite entaille pas trop profonde, sur l'avant-bras. Vas-y!

Damon hésite, puis s'empare du couteau, fait chauffer la lame sur la flamme jusqu'à ce qu'elle rougisse. Il attend qu'elle refroidisse et pratique enfin l'incision. Juste ce qu'il faut pour que s'écoule une goutte de sang.

Et il récite la formule :

— Moi, Damon Knight, je jure solennellement de rester toujours pur et innocent, et de ne pas renier mon serment d'amitié envers les autres Invisibles, ni aucun autre idéal ou rêve auquel je crois en ce moment.

Puis il passe le couteau à Mark.

— Tout de même, dit Crystal en interrompant la «liaison» entre elle et Douglas, quelque chose me préoccupe : Douglas dort toujours comme un loir.

— Un seul loir? tenta de plaisanter Peter.

— Douglas ne vit pas son rêve en simple spectateur...

— Tu parles de ce sursaut dont a parlé Damon?

— Oui, ils l'ont entendu, tu comprends? Je me demande s'il faut continuer.

— C'est trop risqué, j'en ai peur. Crys, tu es de cet avis aussi! Et si Douglas demeurait prisonnier du rêve et ne se réveillait plus?

— Possible, mais il pourrait aussi bien courir ce même danger la première fois qu'il s'endormirait tout seul. Nous devons continuer et découvrir tout ce que nous voulons savoir. Ensuite, nous nous occuperons de Scrimm le plus vite possible!

— Tu as peut-être raison.

— Je ne sais pas si j'ai raison. Tout ce que je vois, c'est que Douglas n'est pas bien du tout.

— Alors, on continue?

À ce moment, les mains de Douglas, que ses amis serraient toujours dans les leurs, eurent un sursaut et le garçon commença à se lamenter et à gémir.

— Allons-y, Crys. Continuons, vite!

Une pièce sombre et humide. Des murs de brique couverts de toiles d'araignée. Un sol moisi, parsemé de flaques d'eau. Une faible lumière filtre par la petite fenêtre pratiquée dans la lourde porte de bois qui ferme la cellule.

Quelqu'un pleure. C'est une voix d'enfant. Des chaînes luisent dans l'obscurité et, dans la pénombre, les silhouettes de trois enfants, deux garçons et une fille. Celui qui pleur-

niche est un garçon, les deux autres ouvrent dans le vide des yeux épouvantés.

Soudain, la petite se retourne. A-t-elle vu quelque chose?

Elle ouvre la bouche, mais les mots s'étranglent dans sa gorge. Puis elle rassemble son courage :

— Il y a quelqu'un?

Peter est abasourdi : Comment est-ce possible? Comment fait-elle pour…

— Christine, qu'est-ce qu'il y a? demande celui qui ne pleure pas.

— Je ne sais pas, Russel, j'ai cru qu'il y avait un autre enfant ici, un petit gros…

— Où est la police, Christine, pourquoi est-ce que personne ne vient nous délivrer?

— Courage, mes petits! dit Angus Scrimm, sur le pas de la porte. Dans peu de temps, tout sera fini!

Un bruit métallique de clé dans la serrure, et la porte s'ouvre brusquement.

Les Invisibles remontent le sentier de la falaise, à travers le bois, au-dessus de la maison d'Angus Scrimm. La tempête se déchaîne, les éclairs zèbrent le ciel. Mais l'attitude de Damon et de ses amis a changé : ils n'ont plus peur, car ils ont accompli le rite magique. Scrimm ne peut plus leur faire de mal.

Damon émerge des buissons et reste cloué sur place, la bouche ouverte. En bas, sur le lopin de terre à pic sur la mer, il aperçoit les trois enfants enlevés. Le monstre les a suspendus, tête en bas, à des poteaux de bois. Sous chacun d'eux, il a placé un récipient assez grand pour recueillir tout leur sang!

L'homme s'apprête à accomplir le sacrifice humain qui lui permettra de devenir Magicien suprême.

Et voilà qu'Angus Scrimm élève un long couteau, récite une formule magique dans une langue inconnue.

Il s'approche de la petite Christine, la saisit par les cheveux...

La tempête est à son comble, l'eau qui ruisselle sur le visage de la fillette n'est pas seulement de la pluie, mais de l'eau salée aussi. Car les vagues de l'océan déferlent sur la colline rocheuse avec une telle furie qu'elles semblent vouloir l'engloutir, et avec elles toutes les maisons.

— Le moment tellement attendu est enfin arrivé, petite...

— NOOON! hurle Damon.

— Et il dévale le sentier boueux, suivi par tous les Invisibles.

— Ah, revoilà ce tas de morveux! se moque Angus Scrimm, qui lâche la fillette et marche sur eux d'un pas décidé. Merci d'être venus, bande de crétins. Vous allez me servir à accomplir le rite!

— Tu peux toujours courir, magicien à la noix! Regarde! rugit Damon.

Et il brandit le Malartium.

Angus Scrimm s'arrête net. Un instant, la peur se lit dans ses yeux. Mais il se reprend aussitôt.

— Que veux-tu faire, sale mouflet? Tu me menaces, moi qui vais devenir le plus puissant sorcier de la terre?

— Tu ne l'es pas encore, Angus! réplique Damon.

De sa main gauche, il cherche la main de Mark pour la serrer. Mark prend à son tour la main de l'Invisible le plus proche. La chaîne est rapidement formée. Damon élève le livre de sa main libre et l'ouvre à la page marquée. Il commence à réciter :

— Nous, jeunes purs et innocents, nous te privons, sorcier, de toute ta magie!

Un éclair explose dans le ciel et Angus Scrimm se raidit de terreur.

— Maudits arrogants, vous osez!... hurle-t-il.

Puis...

Rien ne se produit. La pluie continue à tomber à verse et Angus Scrimm est toujours là, apparemment indemne.

L'homme éclate d'un rire satanique et sonore.

— Petits présomptueux, pour le rite, vous avez tout faux!

— Comment... c'est impossible! Nous avons versé notre sang...

— Oui, mais «verser le sang», selon le livre, veut vraiment dire «tuer». Pour le moment, vous êtes toujours vivants, à ce que je vois. Le rite n'a donc aucune valeur! crie le magicien, d'un ton sardonique.

Soudain, il lève son long couteau et le pointe vers Damon.

— Noooon!

Un enfant, sorti du néant, s'interpose entre Damon et lui. Le couteau lui transperce la poitrine.

— Douglas! cria Crystal, en un autre lieu, en un autre temps.

— Qui... qui es-tu? demande Damon, penché sur le garçon mourant.

— Aucune importance, Damon, lui répond-il, dans un souffle.

— Soyez maudits! rugit Angus Scrimm, qui hésite.

Que faire? S'enfuir, les attaquer? Fuir, c'est préférable. Il court vers la falaise, là où s'ouvre une grotte.

Les mains tachées du sang du garçon mourant, les Invisibles répètent le rite.

— La grotte ! hurle enfin Damon. Si le magicien parvient à nous semer, c'est nous qui devrons fuir... pour l'éternité !

Angus Scrimm a beau être rapide et malin, les enfants sont plus nombreux et tout aussi futés que lui. Très vite, ils parviennent à le coincer dans des rochers.

— Par le pouvoir que nous donne ce livre, proclame Damon en reformant la chaîne avec ses amis, nous, les Invisibles, nous te condamnons à demeurer prisonnier de cette grotte pour toujours !

Désormais, Angus Scrimm, bloqué à sa gauche par un impétueux torrent souterrain, ne peut plus s'échapper. Autour de lui, il n'y a qu'une montagne de granit. Fou de terreur, il s'appuie à la paroi de la grotte. Soudain, la pierre n'est plus pierre, et le sorcier s'y enfonce comme dans de la boue.

À ce moment, une étincelle jaillit dans les yeux de Damon Knight, une expression impitoyable. Et Angus Scrimm comprend qu'il n'y a plus d'espoir pour lui.

— Vous m'avez bien eu, les Invisibles, hurle-t-il. Mais je peux moi aussi vous lancer ma malédiction !

En un suprême effort, il rassemble la faible énergie qui lui reste et, levant les bras, il proclame :

— Vous grandirez, vous changerez comme toutes choses, et vous renierez vos idéaux d'enfance. Vous vous en rendrez compte par vous-mêmes !

— Va au diable, vieux fou ! Tu vois où t'a mené ta stupide magie ? réplique Damon, furieux. Tu n'es pas satisfait ? Tu n'as pas eu ta ration ? Tiens !

Le garçon soulève alors le Malartium *au-dessus de sa tête et le jette dans les eaux du torrent souterrain.*

— Tu t'en repentiras, crois-moi ! crie encore Angus Scrimm. Tu t'en repentiras, car désormais tu as été en

contact avec la magie. Quand tu t'en rendras compte, il sera trop tard !

Dans un dernier râle, le magicien est englouti par la roche de la grotte.

Au-dehors, la tempête s'apaise aussitôt.

Derrière la maison d'Angus Scrimm, les trois enfants pendus par les pieds ne le savent pas encore : ils sont sauvés. Ils jettent autour d'eux des regards remplis de frayeur, cherchent à se libérer de leurs cordes. Et ils voient approcher leurs libérateurs, les cinq silhouettes qui ont surgi du bois pour combattre le sorcier. Leurs sauveteurs les détachent et les serrent contre eux, et les pauvres petits éclatent en sanglots.

Damon se précipite auprès du garçon surgi de nulle part, mais son corps a disparu.

— Douglas ! Douglas, réveille-toi, tu m'entends ? s'exclame Crys. Réveille-toi !

Crystal avait interrompu la « liaison » avec Douglas depuis un bon moment, mais Douglas ne reprenait pas ses esprits.

Peter restait immobile près de lui et lui serrait la main. Surtout, il se demandait d'où provenait toute cette eau salée qui trempait les cheveux et les vêtements de son ami.

— Crys ! Je ne sens plus son pouls !

— Hein !! Quoi !!

— Son cœur, je ne le sens plus battre !

— Ah non, malheur ! Non et non ! hurla-t-elle en martelant de ses poings la poitrine de Douglas.

Puis, dans une tentative désespérée, elle fit du bouche-à-bouche à Douglas et se mit à lui souffler de l'air dans les poumons, régulièrement, avec énergie, comme on le lui avait appris à l'école.

— Ne meurs pas, Douglas ! Je t'en prie, ne meurs pas !

Soudain… *brouf… brouf… brouf…* Douglas hoqueta.

Plus tard, les trois ados récupéraient leurs forces, étendus par terre près de leur grotte-refuge.

— Crys, tu pourrais me donner une explication?

— Sur quoi, en particulier, Doug? répondit la jeune fille sans ouvrir les yeux.

Cette expérience l'avait épuisée!

— Écoute... Je suis né, il y a environ douze ans... Pourtant, apparemment, j'ai été vivant dans les années trente... J'ai aidé les anciens Invisibles... Je suis mort... Je suis né de nouveau il y a douze ans... Et j'ai encore failli mourir... Tu n'as pas une explication à tout ce méli-mélo?

— Oh, Doug, je ne possède pas toutes les réponses!

— Non, ma belle, tu ne t'en tireras pas comme ça! Toi qui as une théorie sur tout, tu dois bien en avoir une pour mon cas!

— Alors, la voilà ma théorie : le temps est une chose étrange et toi, Doug, tu es un portail.

— J'en ai marre de cette histoire de portail. Je veux être un garçon comme les autres, moi!

— Tu l'es peut-être maintenant. Peut-être que ce pouvoir, je veux dire le but de ton pouvoir, était seulement de sauver Damon, pour qu'il puisse à son tour vaincre Scrimm. Aujourd'hui, ton pouvoir doit être épuisé. Enfin, peut-être...

— Alors, je ne suis peut-être plus un portail?

Il réfléchit un instant, puis reprit :

— Dommage, je commençais à me sentir quelqu'un de spécial!

— Trop tard! dit Peter en souriant. De toute façon, nous savons maintenant où sont passés le *Malartium* et Scrimm! Quand j'y pense, j'en ai la chair de poule!

— Pourquoi? s'inquiéta Douglas.

— Réfléchis : Scrimm a été emprisonné dans la grotte. Si ça se trouve, c'était tout près d'ici!

— Si c'est ça qui te préoccupe, c'était vraiment très, très près d'ici! marmonna Crystal, les yeux toujours clos.

— Qu'est-ce qu'elle nous chante encore, celle-là? s'écrièrent les deux garçons d'une seule voix.

Ils jetèrent des regards inquiets autour d'eux, comme s'ils voyaient leur grotte pour la première fois. Ils l'observèrent d'un œil neuf – la grotte avec cette faille, l'amoncellement de cailloux et de gravats, comme si une explosion avait fait éclater la roche. Ou bien était-ce quelqu'un qui…

— La grotte des pirates, tu parles! La grotte de Scrimm, oui! C'est ici qu'il était prisonnier et c'est d'ici qu'il s'est échappé! s'exclama Douglas.

Les trois ados demeurent un moment muet comme des carpes.

Soudain, Crystal rompit le silence.

— Oui, Doug, je t'écoute…

— Mais comment sais-tu que?… Ah oui, j'oubliais!

— Oui, je *sens* que tu voudrais me demander quelque chose, mais j'ai promis de ne pas lire dans ta pensée sans ta permission.

— Ah, vraiment, tu me l'avais promis?

— À toi peut-être pas, mais à moi, oui!

— Eh bien, commença le garçon après une brève pause, je ne sais pas si je suis encore un portail ou non, mais le fait est que j'ai une peur bleue de la prochaine nuit… Aussi, je voudrais te demander une faveur…

— Vas-y, dis-moi tout! lâcha-t-elle en ouvrant les yeux et en roulant sur le côté pour mieux le regarder.

Ce soir-là, Douglas avait dit bonsoir à son oncle et à sa tante plus tôt que d'habitude, et il s'était retiré dans sa chambre.

Tandis qu'ils lisaient dans le salon, il était descendu sans bruit à la cuisine et s'était préparé un beau plateau-repas, en choisissant ce qu'il y avait de meilleur dans le frigo. Il avait même réussi à faire chauffer une tasse de lait pour Crystal, car elle adorait cela. Puis il avait gagné la salle de bains, s'était mis en pyjama et s'était fourré sous sa couette.

La fillette s'était assise sur un fauteuil, au pied du lit, et lui avait pris la main.

— Tu es bien installée? Sûr? Tu ne veux pas t'étendre? demanda Douglas.

— Merci, je suis très bien. Là-haut dans le phare, j'ai appris à dormir à la dure. Ici, je suis comme une reine!

— Tu sais, Crys, je voulais te dire quelque chose...

— Encore? Allez, dis toujours!...

Douglas se tourna et son regard rencontra celui de la fillette. Il se demanda combien de fois elle avait déjà lu dans sa pensée avant même qu'il n'ait ouvert la bouche. Ne pas tricher et jeter un petit coup d'œil, elle en était capable, mais la curiosité brûlante, c'était autre chose!

Elle lui sourit et il décida que, télépathie ou non, il n'était pas besoin d'en dire davantage. Il éteignit la lumière, mais ne lâcha pas sa main.

— Crys... dit-il, un moment plus tard.

— Oui, Doug.

— Quand les Invisibles firent leur serment...

— Oui...

— ... ils promirent de rester toujours ensemble, de demeurer amis pour la vie...

— En effet, ils se sont promis cela aussi...

— Mais ils ne l'ont pas fait. Ils ont cessé de se fréquenter. Damon a même quitté Misty Bay. Que s'est-il passé ?

Crystal tourna les yeux vers la fenêtre. La lumière provenant d'un réverbère de la rue projetait d'étranges formes sur le plafond.

— Je ne sais pas, Doug… ils sont peut-être tout simplement devenus adultes.

— Que veux-tu dire ? Que lorsqu'on devient grand, on préfère oublier tout ce en quoi l'on croyait quand on était jeune ? Alors, les rêves et les amitiés n'ont aucune valeur ! Ils ne comptent pour rien ?

La fillette ne répondit pas tout de suite, mais Douglas sentit qu'elle lui serrait la main plus fort.

— Tu sais, de temps en temps ma grand-mère me disait : « Vois-tu, je crois que les hommes sont victimes d'une espèce de condamnation… comme si quelque chose les obligeait à changer sans cesse, à devenir d'autres personnes. Et ils n'arrivent plus à se rappeler les choses auxquelles ils croyaient peu de temps auparavant. D'ailleurs, s'ils se revoient, ils risquent même de ne plus se reconnaître. » Elle disait aussi qu'elle aimait la magie parce qu'elle seule était capable de briser cet enchantement. À cette époque, je ne comprenais pas ce qu'elle voulait dire. Maintenant, je commence à m'en faire une idée.

— Et c'est comme cela pour tout le monde ? Nous sommes donc condamnés, nous aussi ?

— En tout cas, je n'ai pas encore rencontré d'adulte qui ne le soit pas !

Douglas avait une boule dans la gorge. Dans le noir, il sentait toujours la chaude pression de la main de Crystal. Pourtant, il se sentait seul.

Il tourna son regard vers l'endroit où devait se trouver son amie.

— Pas de mauvais rêve, cette nuit, tu crois?

— Si un vilain cauchemar pointe le bout de son nez, je lui dirai que tu n'y es pour personne, plaisanta la fillette, qui poursuivit d'une voix plus douce : pas de mauvais rêve, cette nuit, je te le promets.

Et elle tint sa promesse.

17

Tas d'embrouilles au cimetière

Le lendemain matin, Douglas se rendit avec son oncle à l'enterrement de Devlin Stevenson.

À l'église, ils présentèrent leurs condoléances à la femme de Devlin et à sa fille Jessica, arrivée de la Nouvelle-Angleterre où elle vivait. Ken chercha des yeux Greta Rowlands. Lorsqu'elle l'aperçut, la grosse femme s'approcha de lui et le pressa contre elle, en silence. Tante Hettie se tint un peu arrière avec Douglas.

La cérémonie religieuse terminée, toute l'assistance suivit le cortège jusqu'au cimetière, qui se trouvait sur une petite colline, coiffée d'un bois, près du bord de la falaise. Il n'était pas très grand et les tombes étaient bien alignées sur une pelouse verdoyante, les allées couvertes de fins graviers blancs.

Damon Knight les attendait à la grille d'entrée. Il embrassa Greta et Hettie, serra la main de Ken et ébouriffa les cheveux de Douglas. De nouveau, il s'attarda à observer l'enfant pendant quelques secondes de plus que nécessaire, comme s'il cherchait à se souvenir…

— Kendred, Damon, je voudrais vous parler, dit brusquement Greta Rowlands.

Puis elle lança un coup d'œil à Hettie et à Douglas, avant d'ajouter :

— En privé.

— Oui, bien sûr, s'empressa de dire Hettie. Viens Douglas, faisons deux pas!

Greta Rowlands les regarda s'éloigner et finit par dire :

— Je m'en vais.

— Greta! Tu veux vraiment quitter Misty Bay? lui demanda Kendred Halloway.

— Il n'y a pas d'autre solution, Ken, pas d'autre!

— Un instant, intervint Damon. Tu peux m'expliquer?

— Damon, Ken et toi vous vous êtes toujours payé ma tête. Pourtant, depuis des années, les gens de Misty Bay viennent me consulter pour que je leur prédise l'avenir. Mais pour ce qui nous concerne, je suis dans le noir absolu…

Greta se tut un moment, cherchant ses mots.

— C'est comme si mes amis m'avaient abandonnée, me laissant aveugle.

— Tes amis, que veux-tu dire?

— Ses tarots, expliqua Ken. Greta tire les cartes, des tarots, pour lire l'avenir.

— Oh, c'est bien plus que ça, Ken. Mes chères cartes me tiennent compagnie depuis bien des années. Mais jusqu'à ces dernières semaines, elles ne m'avaient jamais trahie.

— Eh bien, c'est sûrement un mauvais coup pour toi, dit Ken, tâchant de mettre de la compassion dans sa voix.

— Pourtant, ce matin, elles ont recommencé à me parler. Je ne me suis interrompue que pour venir saluer Devlin une dernière fois. Mais maintenant, je rentre chez moi. Je suis sûre de découvrir où se cache Angus Scrimm.

Les deux hommes restèrent silencieux, tandis que Greta leur tournait le dos et s'en retournait chez elle.

Entre-temps, Peter avait rejoint Douglas. Cachée dans les buissons, au fond du cimetière, Crystal était aussi présente.

C'était comme si les nouveaux Invisibles s'étaient sentis en devoir d'honorer un membre des anciens Invisibles.

— Hé, Peter, commença Douglas dès que son ami fut à portée de voix, je voudrais bien parler à Crys !

— Pourtant, tu n'as pas eu amplement l'occasion de lui parler, la nuit dernière ! répondit son ami, d'un ton légèrement pincé.

— Si, mais les « images » n'ont commencé que pendant le service religieux, à l'église.

— Ne me dis pas que Crys t'est apparue pendant les prières pour Devlin Stevenson !

— Il ne s'agit pas de Crys. J'ai ressenti quelque chose d'assez inquiétant tout à l'heure.

— Nom d'un chien, Doug, tu me craches le morceau tout de suite ou tu veux que je me mette à genoux devant tout le monde pour te supplier ?

— Je sais où est le livre, coupa Douglas.

— Le *Malartium* ?

— Moins fort, idiot ! Oui, ce livre-là…

— Pas possible ! Je pensais que ces visions ne te venaient que dans ton sommeil, mais maintenant…

— Bah, répondit Douglas en rougissant, la cérémonie était un peu ennuyeuse, tu sais, alors…

— Alors, tu t'es endormi ! dit Peter, frissonnant à la pensée que sa mère et ses amies auraient pu le voir.

— Chut ! Parle plus bas, voyons ! Je ne me suis pas vraiment endormi, j'ai juste un peu… somnolé !

— Tu parles ! Tu as roupillé, oui !

— Bon, d'accord, j'ai dormi. Revenons au livre, tu veux ? C'est bien ça l'important, non ? La condition absolue pour coincer Angus Scrimm, sauver notre peau et celle de tous les habitants de Misty Bay n'est-elle pas de récupérer ce fichu bouquin ?

— D'accord, d'accord, continue ! Je ferme mon clapet ! Quel caractère !

— On peut parler du livre, maintenant ?

— Vas-y, je te dis... Allez, cause !

— Pas trop tôt ! Alors, le *Malartium*... Donc, si je me souviens bien, dans ma dernière vision, Damon le jetait dans le torrent souterrain...

— Parfaitement ! À travers une faille de la paroi rocheuse.

— Ouais ! Et depuis... Pfft... plus de traces du *Malartium* ! Mais tout à l'heure à l'église, quand je... euh... roupillais, comme tu dis, j'ai revu la scène. Et cette fois, dans mon rêve, mon attention ne s'est pas portée sur les Invisibles, mais sur le livre ! Je l'ai vu ballotté par les eaux tourbillonnantes du torrent, rebondissant d'une paroi à l'autre du couloir... Puis le noir... encore de l'eau et soudain, une cascade et un lac souterrain...

— Et puis... Et puis ?...

— Et puis j'ai piqué du nez, je me suis cogné sur le prie-Dieu et j'ai pris un bon coup sur le crâne.

— Ah ça, ce n'est pas malin !

— Tu l'as dit, bouffi ! Regarde cette bosse !

— Je parlais du livre ! Si tu avais dormi un peu plus, nous saurions maintenant où il est pour aller le récupérer ! Ce qui me préoccupe le plus, c'est toute cette eau...

— Oui, je ne suis pas un « télépathe », mais je devine à quoi tu penses. Si le livre est toujours là, il doit être très abîmé, surtout après toutes ces années.

— Tant pis, il ne nous reste plus qu'à attendre ton prochain rêve. Qui sait ? Maintenant, chut, il ne faut pas qu'on nous entende !

— Oh, ne t'en fais pas, presque tous les gens ici sont un peu sourds, vu leur âge ! Les plus proches sont mon oncle et Damon, mais ils sont trop occupés à parler entre eux.

Pendant ce temps, Crystal avait attendu que la dernière personne soit entrée dans le cimetière. Elle était sortie des buissons et franchissait la grille à son tour. De loin, elle aperçut Douglas et Peter qui discutaient. Ils avaient l'air très excités. Ils s'interrompirent pour se joindre à Ken, Hettie et Damon Knight. L'adolescente demeura à l'écart, abritée derrière des lunettes de soleil, comptant sur ses dons hypnotiques pour se tirer d'affaire au cas où elle serait reconnue.

Le cercueil de Devlin Stevenson fut descendu dans la fosse et recouvert de terre. Le prêtre commença à prononcer les prières aux défunts.

Crystal s'approchait, pour bien fixer dans sa mémoire le visage des personnes présentes (cela pouvait être utile, qui sait?), quand elle entendit une voix dans son dos.

— Mademoiselle Crystal Cooper, je suppose?

Crystal reconnut cette voix, avant même de se retourner : celle de l'homme blond aux lunettes de soleil et au gilet à multipoches. Depuis quelques jours, elle le voyait surgir partout, mais elle n'avait pas réussi à pénétrer dans ses pensées. Et pourtant, elle avait essayé!

Robert Kershaw fut content de constater le trouble de la fillette, en bon limier sûr de tenir sa proie.

— Qu'est-ce que vous voulez, vous? l'apostropha-t-elle rudement.

— Holà, calme-toi! En voilà des manières! Tu ne devines pas ce que je veux? observa-t-il, l'air amusé. Tu essaies de lire dans mes pensées, n'est-ce pas?

La fillette recula :

— Comment le savez-vous?

— Oh, tu serais étonnée de savoir tout ce que moi, je sais sur toi! Et à ton tour, tu sais aussi quelque chose sur moi : c'est que dans mon cas, la télépathie ne fonctionne pas. Depuis le temps que je m'intéresse aux phénomènes paranormaux, j'ai fini par apprendre, moi aussi, quelques petits trucs !

— Qu'est-ce que vous voulez? répéta Crystal, le visage buté.

— Je veux tout savoir sur les Invisibles, dit Robert Kershaw, sans cesser de sourire.

— Les… Invisibles? demanda Crystal, comme si elle entendait ce nom pour la première fois. Qui les connaît, ceux-là?

— Ah, tu veux jouer aux devinettes? C'est très dangereux pour toi, tu sais! Veux-tu que je dise à tous ces gens là-bas où est la petite-fille de cette pauvre Susan Cooper?

— Espèce de… s'écria Crystal, en lui décochant un grand coup de pied dans les tibias.

Mais l'homme s'esquiva et la saisit par les poignets.

— Hé, calme-toi, je veux seulement des renseignements!

— Que se passe-t-il là-bas? dit une dame portant une robe d'un beau violet foncé.

Elle s'était détachée du groupe et avait fait quelques pas vers eux.

— Crystal Cooper… c'est toi?

— Et voilà! Tu vois ce que tu gagnes à t'agiter comme une puce? Dégageons d'ici en vitesse! dit le journaliste, en l'entraînant vers la sortie du cimetière.

Quelques personnes avaient rejoint la femme en violet, et le reste de l'assistance regardait avec intérêt la scène qui se déroulait à l'entrée du cimetière.

— Lâchez-moi, crétin, siffla Crystal entre ses dents. Ou je hurle que vous êtes un pédophile qui veut m'enlever!

— Tu veux vraiment te retrouver à l'orphelinat? rétorqua Robert Kershaw, qui commençait à s'énerver. Tu ne comprends pas que tu as mille fois intérêt à me suivre plutôt que de te faire coincer par ces mégères du conseil de classe?

Une main ferme saisit le journaliste par le bras :

— Elle, vous suivre? Il n'en est pas question!

— Allez au diable! Il ne manquait plus que le célèbre Damon Knight!

Robert Kershaw tenta de se libérer de la poigne de Damon, sans lâcher pour autant Crystal. Mais bien que plus âgé, Damon ne lâcha pas prise et retint le journaliste, jusqu'à ce qu'un type grand et fort s'approche avec une paire de menottes.

C'était le shérif, chef de la police de Misty Bay, un vieil ami de Damon Knight et de Kendred Halloway.

— Laissez-moi tranquille! Je n'ai rien fait de mal! protesta Robert Kershaw.

— Bouclez-la! D'abord, nous allons avoir une petite conversation, ensuite nous verrons. Tout va bien, Damon?

— Oui, grâce à ton intervention! répondit Damon Knight qui, en réalité, s'en était très bien tiré tout seul.

Le shérif reporta son attention sur la fillette, qu'entouraient les dames présentes aux obsèques et qui n'en finissaient pas de jacasser : Allait-elle bien? Pourquoi avait-elle disparu? Et ainsi de suite...

— Alors, ma petite, commença le shérif, tu vas devoir me suivre, je le crains!

Crystal le fixa d'un regard dur. Un instant, il lui vint à l'esprit d'essayer un de ses trucs. Mais elle se dit aussitôt : «Sur lui, ça pourrait fonctionner, mais impossible de conditionner l'esprit de tous les autres.»

Elle se sentit prise au piège.

— Vous ne pouvez pas l'arrêter, elle n'a rien fait de mal! protesta Douglas.

— Je ne l'arrête pas, mon garçon! Mais je ne peux pas la laisser toute seule, sans un adulte responsable d'elle, désigné par le tribunal! C'est la loi! Et c'est pour son bien! Tu comprendras quand tu seras plus grand!

— C'est ça... quand je serai plus grand! marmonna Douglas, d'un ton ironique.

Crystal, qui cherchait un moyen de s'enfuir, observait la foule en pleine agitation.

Damon s'adressa alors au shérif :

— Écoute, Andrew, ne prenons pas de décision précipitée. Je vais m'occuper d'elle pendant quelques jours, en attendant qu'une décision soit prise à son sujet.

Tout le monde resta silencieux, puis quelques commentaires d'approbation fusèrent.

— Mais ce n'est pas très réglementaire, Damon. Bien sûr, on te connaît tous... Cependant...

— Si Crystal ne voit rien contre le fait de rester chez moi quelque temps, je veux dire... poursuivit Damon. J'avais beaucoup d'affection pour sa grand-mère, Susan, et j'aurais fait n'importe quoi pour elle. C'est bien le moment de le prouver.

— Allons donc, vous savez bien que ce n'est pas légal! s'opposa Robert Kershaw.

— Je vous l'ai déjà dit : bouclez-la! intervint le shérif.

— Je suis d'accord! déclara Crystal, toute contente.

Damon Knight avait proposé de l'héberger! Le grand Damon Knight, le chef des anciens Invisibles!

— Parfait, ma petite, répondit l'homme en l'embrassant.

— Nous apprécions tous ta générosité, dit le shérif. Cependant, ce type-là n'a pas tort...

— Vraiment? Merci beaucoup... répliqua aigrement Robert Kershaw.

— Oncle Ken, dis quelque chose! chuchota Douglas.

— Oh, ça va bien, Andrew, déclara l'oncle Ken. Comme tu l'as dit, nous connaissons tous très bien Damon Knight !

— C'est vrai, shérif ! intervint le prêtre lui-même.

— Mais voyons, c'est la meilleure solution ! approuva tante Hettie.

— Allons, Andrew, ne fais pas ton têtu ! l'apostropha enfin une dame qui avait tout l'air d'être sa femme.

— Eh bien… si tout le monde est d'accord, c'est bon pour moi. Elle pourra rester quelques jours chez toi, Damon, en attendant que le tribunal des mineurs prenne une décision à son sujet.

Un applaudissement général salua les paroles du shérif.

— Bravo ! hurlèrent en chœur Crystal, Douglas et Peter, en s'embrassant et en sautant de joie.

— Vive Damon Knight ! s'exclama tante Hettie.

— Vous êtes tous tombés sur la tête ? protesta Robert Kershaw. Vous vous comportez comme si vous aviez tous trop bu !

Mais personne ne l'écoutait plus. L'assistance retourna aux funérailles de Devlin Stevenson. Tous… à l'exception du shérif, qui embarqua Robert Kershaw au commissariat.

Avant de sortir du cimetière, le journaliste lança un dernier coup d'œil à Damon Knight.

— Trop gentil, notre philanthrope, marmonna-t-il avec un sourire narquois.

Le fin limier avait flairé une nouvelle piste qui n'allait pas tarder, il en était sûr, à lui faire découvrir le secret des Invisibles !

18

La nouvelle maison de Crystal

La « salle des cartes », comme Greta Rowlands la nommait, était dans l'obscurité, les volets étaient tirés. Sur la table ronde, une bougie allumée offrait à Greta le peu de lumière nécessaire à la consultation. Elle plaça sur la table le paquet de tarots aux couleurs vives, posa dessus le bout de ses doigts et se concentra sur Angus Scrimm. Sa voix était étouffée et profonde.

— Aidez-moi, mes amies. Parlez-moi d'Angus Scrimm... Où se trouve Angus Scrimm? Donnez-moi une réponse, aidez-moi à comprendre...

Greta battit les cartes. Puis, les yeux mi-clos, elle prit celle du dessus du paquet. Elle la retourna et la posa sur la table, face en haut : la Mort, la carte du changement, de la régénération. Quelque chose allait finir et quelque chose d'autre allait renaître des cendres...

— ... et enfin, derrière cette porte... dit Damon Knight, avec une pause ménageant une surprise, ... la piscine!

— Ouaouh! monsieur Knight, cette maison est presque aussi chouette que mon vieux phare abandonné! s'exclama Crystal, en courant, ravie, vers le grand bassin éclairé.

— Ah, certainement... la vue d'en haut sur la mer mise à part, bien sûr. Mais j'avoue avoir un petit faible pour le confort! dit l'homme en souriant.

La fillette s'accroupit au bord du bassin et trempa une main dans l'eau. Puis elle ajouta :

— Et depuis toutes ces années, vous n'avez pas eu envie de partager cela avec quelqu'un?

— Euh, tu sais… mes affaires… et avec l'âge qui avance, je deviens un vieil égoïste… Mais depuis quelque temps, il est vrai, je me sens un peu seul.

— Eh bien, maintenant, ce n'est plus le cas! répliqua Crystal d'un petit air malin.

Mais Damon redevint sérieux.

— Toi aussi, tu dois te sentir seule, n'est-ce pas?

Crystal fixa le fond de la piscine. Elle soupira.

— Mamie Susan était très gentille et se consacrait entièrement à moi. Quand je rentrais de l'école, elle m'emmenait faire de merveilleuses promenades dans les bois… (Elle leva sur Damon des yeux emplis de souvenirs.) Elle aimait beaucoup la nature, soutenait que les hommes ont oublié qu'ils en font partie et que cela tournerait mal un jour. Nous passions des heures à observer les mouvements d'une fleur ou d'un arbre. Au début, je croyais qu'ils étaient rigoureusement immobiles ; mais, grâce à elle, j'ai appris qu'ils sont presque toujours en mouvement, selon la position du soleil, le vent ou ce qu'ils ont auprès d'eux… Oui, elle m'a appris à faire vraiment partie de la nature et à considérer qu'elle aussi fait partie de moi…

— Mais…

La fillette le regarda, stupéfaite, comme si elle n'avait eu aucun «mais» en tête. Pourtant, elle s'entendit répondre :

— Mais je n'avais pas beaucoup d'amis de mon âge… Tout le monde me trouvait bizarre et l'on avait un peu peur de moi. On commençait même à me traiter de sorcière.

Damon s'accroupit auprès d'elle et la serra délicatement contre lui.

— Je te comprends, ma chérie. Tu ne sais pas à quel point je te comprends!

Puis, retirant son bras de son épaule, il lui sourit.

— Mais tu n'es plus seule, maintenant, n'est-ce pas? Tu as trouvé deux bons amis...

Crystal lui rendit son sourire.

— Oui... Peter et moi nous nous connaissons depuis des années. C'est le seul camarade de classe qui m'aime bien. Et puis il y a Douglas. Je ne le connais que depuis peu, il n'est pas d'ici, mais c'est un type bien. J'aimerais que nous formions tous une famille!

— C'est une famille qui te manque, n'est-ce pas?

Crystal détourna le regard et ne répondit pas.

— Écoute, que dirais-tu si nous invitions Peter, et aussi Douglas, avec son oncle et sa tante, à dîner ce soir?

— Je dirais... que ce serait fantastique!

— Parfait, répondit Damon en se relevant. Maintenant, fais comme chez toi. Moi, j'ai quelques affaires à régler. Nous nous reverrons à table.

— Si je ne me perds pas dans cette grande maison!

Crystal resta assise, passant distraitement sa main dans l'eau, tout en observant Damon Knight qui s'éloignait, foulant à grands pas les larges carreaux blancs du bord de la piscine. Il disparut derrière une porte en vitre dépolie. Pour la première fois depuis la mort de sa grand-mère, elle se sentait sereine. Elle avait peut-être, en cet homme, retrouvé sa famille.

Pourtant, quelque chose n'allait pas... elle éprouvait une sensation qu'elle aurait voulu chasser. Ces jours derniers, elle les avait passés à la recherche éperdue de la justice, elle avait risqué sa vie et même celle de ses amis. Elle était fatiguée et avait un grand besoin de se reposer. Ah, si elle pouvait tout envoyer promener, mener la vie des jeunes de son âge! Les fêtes, le cinéma, les fringues ou même une amourette! Un bain chaud, c'était cela qu'il lui fallait pour tout oublier et se consacrer un peu à elle-même. Paix, sérénité, tranquillité...

Qu'est-ce qui ne tournait pas rond dans la maison de Damon Knight?

Paix, sérénité, tout oublier...

Elle le «percevait»... C'était comme une présence maléfique, une menace qui pesait sur toute la maison.

Paix, sérénité, tout oublier, recommencer à zéro...

C'était Scrimm. Il était tout près. Peut-être avait-il choisi Damon Knight comme prochaine victime!

— Où es-tu, Angus Scrimm? répéta pour la énième fois Greta Rowlands.

Enfin, les cartes recommencèrent à parler.

Elle tira le Roi des Sequins. Il avait la tête en bas, c'était aussi un signe. Comme les multiples aspects de la nature humaine, les cartes ne fournissaient pas une unique clé de lecture : le bien ou le mal, le positif ou le négatif. Mais quand on les tirait la tête en bas, ce n'était sûrement pas bon signe.

C'était ce que craignait Greta : quelque chose de mauvais s'était réveillé à Misty Bay... Non, pas quelque chose... quelqu'un! Un homme sans pitié était revenu. Il voulait toujours accroître son pouvoir, jusqu'à la démesure. Et, cette fois, il pourrait bien y parvenir

— Angus Scrimm, sois mille fois maudit!

Elle en tenait enfin la confirmation : ses amis Susan, Mark et Devlin n'étaient pas morts accidentellement, ils avaient été tués! Et l'assassin ne s'arrêterait pas là!

La carte suivante représentait le Diable.

Oui, le Malin… celui qui offre un visage aimable, pour mieux frapper…

Peut-être quelqu'un jouait-il un double jeu, une personne qui n'était pas ce qu'elle paraissait être, qui essayait de tourner la situation à son profit.

Le Dix d'Épée : des amis étaient en grand danger. Un danger de mort!

La Papesse… Ouf! Il y avait peut-être de l'espoir : une femme jeune, avec de grandes facultés extrasensorielles, cherchait à mettre des bâtons dans les roues d'Angus Scrimm. À cet instant précis, elle était même en train d'exercer son pouvoir…

Crystal était recroquevillée au bord de la piscine. Les paumes de ses mains cachant ses yeux, elle tentait de repérer la présence d'Angus Scrimm, qu'elle ressentait fortement dans cette maison.

Une sourde inquiétude s'insinuait en elle : elle n'avait pas réussi à lire dans les pensées de Damon Knight. Bien sûr, elle ne le faisait pas systématiquement, mais elle était désormais tellement habituée à être envahie par les émotions, et même par les pensées de personnes se tenant auprès d'elle, qu'elle ne pouvait s'empêcher de les « espionner » un peu, un tout petit peu. Mais cette fois, rien! Cela lui arrivait parfois, comme avec ce journaliste, Robert Kershaw, au cimetière. Pourtant, si son aptitude à pénétrer dans le cerveau des gens se brisait contre un caractère fort, elle réussissait tout de même à en capter quelques bribes.

Elle essaya d'amplifier ses capacités. Elle commença à percevoir les émotions des employés de maison qui se changeaient gaiement, retirant leurs vêtements de travail avant de rentrer chez eux. Elle sentit aussi la présence de petits animaux sauvages s'agitant hors de la maison.

Soudain, elle *capta* un flux d'énergie négative qui, depuis la maison, descendait vers un endroit précis de Misty Bay.

Elle se cramponna à ce flux, s'efforçant de ne pas le perdre.

Greta Rowlands tira la carte de la Tour.

La Tour ! Tout se précipitait vers le mal ! Tout changeait pour le pire ! Partout l'incompréhension, la confiance mal placée…

La carte du Pendu, porteur de doute, d'angoisse…

Et voici la douce Dame à la Coupe (encore la fillette aux pouvoirs extrasensoriels), gentille, sans défense… et encore des Épées, toutes négatives… Elle courait un très grave danger, il fallait la prévenir immédiatement !

Et là… le Soleil ! Le Soleil illumine toute chose et apporte avec lui le bien. La fillette n'était pas seule, elle pouvait compter sur de courageux alliés, deux amis de son âge, et parmi eux, peut-être, le neveu de Kendred Halloway…

Mais alors, c'étaient eux qui risquaient de tomber dans un piège mortel, un piège qui menaçait aussi l'autre ami, Damon Knight (mais quel rôle jouait-il, celui-là ?). Puis ce qu'elle remarqua la laissa plus perplexe encore : il y avait un lien entre Angus Scrimm, Damon Knight et sa maison… Comme si…

— Mais quelle idiote je suis ! Quelle idiote !

Soudain, Greta Rowlands comprit tout ce qui se passait. En même temps, elle se sentit envahie par une étrange résignation.

À cet instant, un souffle de vent brouilla les cartes. Pourtant, les fenêtres étaient fermées.

— Tu es ici pour moi, inutile de te cacher ! dit la femme, se retournant dans l'obscurité.

Elle découvrit une autre carte : la fille aux pouvoirs extrasensoriels savait qu'elle était en danger.

— Greta?? Non! hurla Crystal, à quelques kilomètres de distance.

Elle était trop loin pour rejoindre la femme. Comment pouvait-elle l'aider? Elle courut vers le téléphone et forma rapidement un numéro.

— Le bureau du shérif, j'écoute! répondit une voix de femme.

Greta eut un petit sourire triste, tout en continuant à retourner les cartes. S'il y avait eu pour elle un espoir de salut, ses cartes le lui auraient fait savoir.

— Avance, mon ami. Le passé revient toujours, pas vrai? dit-elle dans la pénombre.

Mais la faible lueur de la pièce se condensait en un trou noir vorace, prêt à l'aspirer.

— Aidez-moi, une femme va être tuée, faites vite! hurla Crystal dans le téléphone.

— Calmez-vous! Quel est son nom, où habite-t-elle? D'où appelez-vous?

— Aucune importance. La femme en question est Greta Rowlands, la cartomancienne de la rue…

La voyante suivait par ses cartes la tentative désespérée de Crystal pour lui venir en aide, tout en cherchant une bien improbable voie de salut. Car son destin était déjà écrit.

Le «trou noir» s'élargissait. Il commençait à aspirer les cartes posées sur la table et aussi celles qui jonchaient le sol… puis ce fut le tour des meubles les plus légers. Il avalait aussi tout l'air de la pièce.

— Bon, j'ai compris, maintenant calmez-vous! répliqua l'employée, à l'autre bout de la ville.

— Comment ça, me calmer? Envoyez immédiatement une patrouille de police chez elle!

— Une patrouille? Pourquoi déranger une patrouille?

— Mais je vous dis...

La voix se fit plus profonde, comme celle d'un homme :

— S'il fallait écouter toutes les morveuses qui nous téléphonent!

Crystal resta bouche bée, incrédule.

— Mais je vous signale une tentative de meurtre et...

— Est-ce qu'elle s'y connaît en homicide, la petite Crystal, hein?

La fillette se sentit glacée. «Comment sait-elle... ou plutôt comment sait-il mon prénom? Je ne me suis pas présentée...»

La voix prit un ton carrément masculin.

— La magie n'est pas un jeu d'enfant, ma petite.

Greta était trempée de sueur, son cœur battait à tout rompre et sa respiration se faisait de plus en plus haletante. Il n'y avait plus aucun espoir pour elle, elle le savait, mais elle continuait à retourner des cartes, qui étaient instantanément aspirées, ainsi que l'oxygène. Ses amis pourraient-ils s'en sortir? Le mal serait-il vaincu?

Le 5 de Coupes. Retour, surprises, fausses promesses...

Quelqu'un, ou alors cinq personnes arrivaient au secours des enfants. Qui étaient-ils? Le passé... quelqu'un qui provenait du passé? Non, ce quelqu'un *était* le passé, en quelque sorte. Quelqu'un qui n'arrivait pas par la mer, ni par la terre ni par les airs... mais qui pourtant s'approchait. Comment était-ce possible?

Sa vue s'obscurcissait, ses yeux se troublaient. Ce n'était plus maintenant qu'une question de secondes. Elle retourna les dernières cartes, celles qu'elle cherchait.

La Lune. Des lumières lointaines qui commencent à

s'éclaircir, puis les étoiles, et enfin le Soleil. Et avec lui l'espoir.

Le passé revenait pour régler les vieux comptes.

Sa dernière pensée fut pour Crystal, pour la réconforter et l'encourager à aller de l'avant.

Crystal le reçut, ce signal, mais elle ne put empêcher les larmes d'inonder son visage. Cette fois encore, elle n'avait pu barrer la route à Angus Scrimm.

19

Bas les masques !

Ce soir-là, Peter Peaky avait rendez-vous avec Douglas, son oncle et sa tante. En arrivant chez les Halloway, il trouva la maison dans une grande agitation

— Oh, Peter… quel beau costume ! dit tante Hettie en l'accueillant.

Puis elle le laissa en plan sur le seuil et remonta les escaliers quatre à quatre, ce qui était étonnant vu son poids. En un clin d'œil elle fut à l'étage.

— Euh, je peux entrer, madame Halloway ? hasarda Peter, avançant avec prudence.

— Oui, oui, Peter. Excuse-moi, je suis un peu en retard. Douglas est dans sa chambre. Monte donc ! Très bien habillé, vraiment !

— Merci, madame Halloway, répondit Peter, ajustant sa cravate, car il s'était mis, selon lui, sur son trente et un.

Il monta les escaliers et se rendit à la chambre de Douglas, risquant à chaque pas d'être culbuté par Hettie, qui allait sans cesse frapper à la porte de la salle de bains.

— Excuse-moi, Peter… Tu es parfait ! Hé, Ken, tu te décides à sortir de là ?

Oncle Ken ouvrit la porte.

— Salut, Peter !

Il portait son bon vieux pantalon de velours, un gilet sans manches et une veste à pièces de cuir aux coudes, en somme sa tenue habituelle à la bibliothèque.

— Tu veux me rendre folle, pas vrai? demanda calmement Hettie. Voilà des années que j'attends ce moment et maintenant, je vais devenir chèvre, on dirait!

— Mais... de quoi parles-tu, Het?

— Je dis que nous allons dîner chez l'un des hommes les plus célèbres des États-Unis, et vois comment tu es habillé!

— Allons, Het. Damon et moi, nous nous connaissons depuis le berceau. Pourquoi devrais-je me changer?

— Ah, écoute, je sens que je vais... je vais... exploser!

— Du calme! Comment veux-tu que je m'habille?

Amusé, Peter laissa le vieux couple se manger le nez et frappa à la porte de Douglas.

— Douglas, je peux?

— Entre, entre, Peter... Alors, comment me trouves-tu? demanda timidement Douglas quand son ami ouvrit la porte.

C'était le même Douglas que d'habitude, mais ses habits étaient plus propres et mieux repassés. De toute évidence, son père n'avait pas pensé à lui mettre une tenue élégante dans son bagage. Mais il s'était bien coiffé, avec la raie au milieu, probablement en l'honneur de Crystal.

— Je ne suis pas très reluisant, hein? dit Douglas en rougissant. Ce sont mes vêtements de tous les jours, mais je n'ai rien apporté de mieux. Toi, en revanche... tu es beau comme un sou neuf! À côté de toi, je suis un épouvantail!

— Bof, je ne suis pas super non plus! repartit son ami en se regardant dans le grand miroir fixé à la porte de l'armoire. Tu sais quoi? s'écria-t-il.

Et il commença à retirer sa veste et sa cravate.

— Qu'est-ce que tu fabriques? Tu étais...

— ... très bien, je sais, sourit Peter, en jetant ses vêtements sur le lit. Tu imagines la rigolade de Crys en me voyant déguisé comme ça? Tu as un tee-shirt à me passer?

— Tu crois que Crys n'aime pas les hommes élégants? demanda Douglas.

— Sois tranquille, tu es parfait! ironisa Peter en enfilant le tee-shirt repassé de frais que son ami lui avait donné.

Il se regarda dans le miroir : le tee-shirt de Douglas avait deux tailles de trop! Ce n'était pas grave : son ami se sentirait plus à son aise.

— Écoute, Peter, dit soudain Douglas, devenu sérieux. Cet après-midi, après le déjeuner, je lisais des BD sur mon lit... et je me suis endormi...

— Ne me dis pas que tu as repris ton rêve du *Malartium*! interrompit Peter, tout excité.

— Tout juste! Et je sais même où il est en ce moment.

— Comment peux-tu dire «en ce moment»? Ce ne serait pas une vision de l'endroit où il était... il y a soixante ans?

— En fait, je n'ai aucune certitude, mais je le sens. Tu te souviens que, la dernière fois, mon rêve s'était interrompu quand le livre tombait dans un lac souterrain?

— Oui, oui...

— Bien. Je ne sais pas comment il a fait pour en sortir, mais il se trouvait dans une grotte aux parois revêtues de – je ne sais pas, moi –, de cristaux de quartz, peut-être.

— Et alors?

— Et alors, rien! Cette fois, il n'est rien arrivé de spécial. Le rêve a commencé et fini à cet endroit. Ce qui me fait penser que le livre peut parfaitement se trouver encore dans cette grotte et, plus important encore, au sec!

— Purée! Je rêve!

— Encore plus fort : cela ne veut peut-être rien dire, mais cette fois je me suis réveillé tranquillement, pas en sursaut et avec le cœur en mille morceaux. C'était comme si mes visions étaient destinées à me conduire à ce point, et que j'étais enfin libre! Je te parie que la nuit prochaine je ne ferai pas le moindre cauchemar!

La porte s'ouvrit brusquement, empêchant Peter de répondre à son ami.

— Alors, les garçons, vous êtes prêts? demanda Hettie d'un ton légèrement surexcité.

— Absolument, ma tante!

— Parfait! Vous me réconciliez avec le genre masculin!

— Merci! répondirent en chœur les deux amis.

Peter ajouta :

— Madame Halloway…

La grille électrique de la villa de Damon Knight s'ouvrit avec un léger ronflement.

Kendred Halloway, qui était descendu de voiture pour s'annoncer à l'interphone, remonta et enclencha une vitesse.

— Hé, il ne t'a même pas demandé ton nom! Comment a-t-il fait pour savoir que c'était nous? demanda Douglas.

— Facile, Doug, dit Peter. Une maison de ce calibre doit avoir plein de caméras placées partout!

— Je crois que Peter a raison, Douglas, dit son oncle. D'ailleurs, je ne vois aucun gardien. Le système de sécurité doit être très efficace!

— Hum… au moins jusqu'à la prochaine petite visite d'Angus Scrimm, chuchota Peter à l'oreille de Douglas.

Dans l'air frais du soir, la voiture s'engagea sur une allée couverte de graviers, à travers un petit bois planté de conifères. Au-delà des arbres, on apercevait la somptueuse villa du milliardaire, une sorte de gigantesque serpent adossé à la pente de la montagne.

— Alors, Peter, qu'est-ce que tu en dis?

— Rien, justement. J'en suis baba!

— Tu crois qu'il a une antenne parabolique?

— À ce point, il doit avoir un satellite pour lui tout seul!

— Les garçons, je vous le recommande, tenez votre langue! Pour lui, toute cette richesse est normale! les avertit tante Hettie.

— Normale? Je ne demanderai même pas d'aller au petit coin de peur de me perdre dans les couloirs!

Peu après, la voiture de Ken s'arrêta devant un escalier de granit menant à un portail d'entrée massif aux deux battants de bois sculptés. Tout semblait tranquille, et pourtant Douglas eut l'étrange sensation qu'une mystérieuse présence planait sur eux.

Le portail s'ouvrit tout grand. Damon Knight et Crystal apparurent. La fillette courut vers ses amis. Elle souriait, mais les garçons s'aperçurent au quart de tour que quelque chose ne tournait pas rond.

— Crys, qu'y a-t-il? lui demanda Peter à voix basse.

— C'est Greta! répondit Crystal, en s'efforçant de ne pas trop manifester son chagrin. Elle est morte! Scrimm l'a tuée!

— Quoi?! Mais comment… que s'est-il…

— Et ce n'est pas tout! poursuivit la fillette, en baissant encore la voix. Il y a ici un truc qui cloche, mais je ne comprends pas de quoi il s'agit, ni ce qui nous menace!

— Eh bien, ce n'est pas bien difficile de savoir «qui» nous menace, non?

Crystal déplaça son regard sur Damon, l'oncle et la tante de Douglas, qui entraient dans la maison.

— Ce n'est pas dit, Doug! Ce n'est pas évident!

— Que veux-tu dire?

— Les enfants, vous n'entrez pas?

Damon Knight les appelait depuis le seuil de la maison.

— On arrive! répondit Crystal en souriant, s'élançant vers l'intérieur.

Les deux garçons la suivirent, pensifs.

Ce qu'ils avaient entendu dire à propos de cette maison n'était rien en comparaison de ce qu'ils découvrirent.

Des salons immenses (parfaits pour y circuler à bicyclette), des cheminées si énormes qu'on aurait pu y enfourner non seulement un fauteuil mais au moins un ou deux divans. Et surtout...

— Monsieur Knight, j'imagine que ceci n'est pas un œuf d'oie... plaisanta Douglas, désignant du doigt une grosse pierre, placée sous verre au sommet d'une colonnette.

L'homme sourit et alluma un spot.

— C'est la pièce maîtresse de ma collection. Le plus gros diamant extrait de mes mines d'Afrique du Sud.

Les invités se groupèrent autour du «caillou».

— Mais j'ai là quelque chose qui intéressera davantage les jeunes, dit Damon Knight, en faisant coulisser une paroi de bois.

Les enfants s'approchèrent : la porte s'était ouverte sur une salle de cinéma d'au moins deux cents places, dotée d'un écran panoramique.

— Impressionnant, monsieur Knight, commenta Peter, au comble de l'étonnement.

— Impressionnant? répéta Douglas, incrédule. Les vrais mots seraient plutôt : Ouaouh! Extra-super-hyper! et... bref, impressionnant, tout court!

— Et encore, vous n'avez pas vu la piscine! l'interrompit Crystal, en coupant net toutes ses exclamations.

— La piscine?

Damon Knight éclata d'un rire cordial.

— Accompagne-les, Crystal. Nous vous attendrons dans la salle à manger.

Les ados coururent vers le sous-sol, tandis que le maître de maison faisait entrer ses invités dans la salle à manger, une immense salle pavée de dalles de marbre. De hautes verrières permettaient d'admirer le spectacle du golfe.

Mais la chose la plus extraordinaire, c'était encore la cascade qui jaillissait de la paroi rocheuse, seulement séparée de la pièce par une épaisse cloison de verre bombé.

— Nom d'une pipe, Damon…

C'était au tour de Kendred Halloway de rester sans voix. Il regarda sa femme, laquelle… était muette ! En fait, c'est elle qui suivait les recommandations faites aux jeunes : depuis qu'elle avait mis le pied dans la villa, elle avait ouvert la bouche et ne l'avait plus refermée !

— La paroi de verre est insonorisée, expliqua Damon Knight, d'un petit air satisfait. Si ce n'était pas le cas, il nous faudrait hurler pour nous entendre parler !

Puis il leur fit signe de descendre trois marches, pour aller dans un renfoncement faisant office de salon. Il approcha le chariot de liqueurs et se mit en devoir de préparer les apéritifs.

— Pardonnez ma question, Damon… dit Hettie, retrouvant l'usage de la parole, tout est si bien en ordre… Comment faites-vous ? Je n'ai vu aucun employé de maison. Est-ce de la magie ?

Damon rit de bon cœur.

— Une entreprise de nettoyage vient une fois par semaine pour faire le ménage. Je n'ai pas besoin de plus, car je suis souvent à l'étranger, vous le savez.

— C'est vrai, nous avons de tes nouvelles par les journaux ! plaisanta Kendred Halloway.

Le maître de maison descendit les trois marches, un plateau de verres entre les mains.

— Ken, dit-il d'un ton plus sérieux, il y a un sujet dont nous avons déjà parlé, mais que je voudrais approfondir puisque ta femme est présente.

«Aïe, aïe, aïe!» pensa Ken.

— Parlons peu, parlons bien. Que dirais-tu de partager tout cela avec moi?

Hettie, qui sirotait sa première gorgée d'apéritif, avala de travers et fut prise d'une quinte de toux.

— En effet, tu m'en as dit deux mots, Damon, mais j'ai ma bibliothèque, et mon plaisir est de m'en occuper. J'aime les livres, l'imagination des écrivains…

— L'imagination, l'imagination… intervint Damon Knight en s'enfonçant dans un fauteuil moelleux. Voyons, quel âge as-tu, Ken? Non, ne me réponds pas, nous avons le même…

Kendred Halloway l'observa à nouveau. Bien sûr, ils avaient le même âge, mais son ami faisait dix… non, vingt ans de moins!

— Tu me parles d'imagination, reprit Damon. Veux-tu revivre réellement les sensations du temps où nous cherchions un refuge secret et mystérieux? Tu veux recommencer à regarder le ciel, découvrir que les étoiles sont moins resplendissantes que tes yeux grands ouverts sur la réalité? Veux-tu redevenir l'enfant que tu étais? Je te propose de faire de l'imagination une partie de ton existence quotidienne. De partager avec moi la vérité suprême de la magie!

Damon Knight s'interrompit pour laisser à son ami le loisir de réfléchir à ses dernières paroles. Dehors, le ciel se couvrait de nuages.

Kendred Halloway était stupéfait. Il n'arrivait pas à le suivre, à comprendre où il voulait en arriver… ou peut-être le comprenait-il trop bien. Il était temps de l'empêcher d'en dire davantage…

— Damon, je te remercie. Comme je te l'ai déjà dit…

Damon Knight laissa échapper un soupir d'exaspération et agita les bras en l'air. Du dallage du sol jaillit un jet de feu vert qui alla incendier le plafond. Les fenêtres explosèrent et mille lucioles d'or envahirent la pièce.

— La magie, Ken, la *vraie* magie !

Puis, sur un autre geste de Damon Knight, tout disparut et redevint exactement comme auparavant. Il ne s'était rien passé. Par l'entrebâillement de la porte, Douglas, Crystal et Peter avaient assisté à toute la scène.

— C'est Damon ! chuchota Crystal, mais ses amis ne l'entendirent pas.

— La magie, Ken ! répéta Damon Knight ! Alors, qu'est-ce que tu me réponds ?

Kendred Halloway posa alors sur son ami un regard différent. Puis il regarda sa femme qui s'était serrée contre lui, cherchant sa protection. Et il réfléchit.

Il pensa à tout ce qu'il aurait pu avoir. À tout, justement. Ainsi, il aurait une nouvelle jeunesse, une nouvelle vie, la richesse, la puissance… Il pourrait satisfaire le moindre caprice, posséder des livres introuvables jusqu'alors, connaître les plus grands mystères.

Et ensuite ? Une fois que l'on a tout connu, tout vécu, tout possédé, que reste-t-il encore à avoir ?

Il pensa que le soir, quand il passait devant les fenêtres éclairées d'une maison, il lui semblait revoir sa famille et son enfance. L'enfance, si lointaine, mais qu'il pouvait évoquer sans peine, chaque fois qu'il le désirait, à travers les souvenirs, les parfums, les saveurs, toutes les fois qu'il lui arrivait de goûter à quelque chose, de revoir un lieu ou un objet… C'était comme un cadeau inattendu.

Il pensa aux personnes qui fréquentaient sa bibliothèque. Leurs visages, leurs yeux étaient marqués par la vie, par les petits et grands événements qui avaient laissé leur empreinte sur eux, sur lui aussi. Car s'il y a de beaux jours, il y en a d'autres bien difficiles à vivre. Mais tout comme lui, ils continuaient à aimer et à rêver.

Il pensa à sa femme et à l'amour qu'il éprouvait toujours pour elle, après tant d'années de mariage.

Il pensa à tout cela et à bien d'autres choses encore. Et il comprit que c'était cela, la véritable magie qu'il aimait. Et il la possédait déjà !

Il aurait voulu expliquer tout ce qu'il ressentait à son vieil ami, le lui faire comprendre, le lui faire ressentir... Mais en le regardant dans les yeux, il comprit que le temps et la vie avaient creusé entre eux un abîme impossible à combler. Qu'ils étaient trop éloignés pour se comprendre, comme autrefois.

C'est donc très simplement qu'il répondit à Damon :

— Merci, ça ne m'intéresse pas !

Damon Knight resta sans voix.

— Comment ? réussit-il à articuler enfin. Quel vieux petit bonhomme pathétique tu es ! Je t'offre l'univers et toi...

À ce moment, Crystal fit irruption dans la pièce.

— Attention, monsieur Halloway ! C'est Damon le coupable, ce n'est pas Angus Scrimm qui...

Mais les paroles moururent dans sa gorge car, poussant un hurlement de colère, Damon Knight fit un geste qui expédia brutalement la fillette contre le mur.

Kendred Halloway lâcha sa femme. Il courut vers Crystal, la prit dans ses bras et s'assura qu'elle ne s'était pas fait mal. À cet instant précis, il fut pris d'une certitude. Se tournant vers son ami, il lui dit :

— Damon, tu as dit que tu pouvais me donner tout ce que je désire, n'est-ce pas ?

— Certainement ! répondit Damon, cependant sur ses gardes.

Kendred Halloway le regarda droit dans les yeux.

— Rends-moi Susan, Mark et Devlin, dit-il enfin.

Damon Knight pâlit, puis explosa de colère.

— Tais-toi ! Tais-toi ! Tais-toi ! hurla-t-il.

Douglas, pétrifié sur le seuil de la pièce, vit son oncle Ken s'effondrer sur le sol, porter ses mains à sa gorge, et tenter dans un effort surhumain de respirer. Damon, cet être démoniaque, essayait par la magie de le tuer en le faisant s'étouffer !

Le malheureux essaya encore de réagir, puis s'évanouit.

— Arrêtez, Damon ! cria Hettie en courant vers son mari pour l'aider à respirer.

Quelques instants plus tard, Ken retrouva peu à peu son souffle.

— Qu'est-ce que vous espérez en vous comportant de cette façon ? dit encore Hettie.

— Votre mari est un imbécile, Hettie ! Je lui ai offert tout ce qu'il pouvait désirer ! Ce n'est pas de l'imagination qu'il veut, de la fantaisie ? Eh bien, je lui ai permis de les vivre… De pouvoir recréer le monde lui-même, et il l'a refusé !

— Vous lui avez offert exactement le contraire, vous ne le comprenez donc pas ? Le plus merveilleux dans l'imagination réside dans l'envie, le désir, et non pas dans la possession ; dans l'illusion, dans le temps passé à imaginer ! Ce que vous lui offrez, c'est la mort de l'imagination !

Damon Knight leva de nouveau les mains.

— Tais-toi, femme, je vais…

— Espèce de lâche ! cria Douglas en s'élançant vers le magicien.

— Voyons, mon garçon, dit Damon Knight en se tournant vers lui. Tu n'es pas un peu trop grassouillet pour te prendre pour Zorro ?

Soudain, Douglas sentit son corps s'alourdir. À chaque pas, une force incroyable le clouait un peu plus au sol. Quand il fut tout près du magicien, il trébucha et tomba sur les genoux. Il s'aperçut alors qu'il ne pouvait plus se relever.

— Mau... dit sois-tu !

— Géronimooo !

Sur ce cri désespéré, Peter surprit Damon par-derrière, en lui jetant une nappe sur la tête. Il chercha Crystal des yeux, tout en essayant d'emprisonner la tête de Damon dans le morceau d'étoffe.

— Crys, que fais-tu ? Donne-moi un coup de main !

Mais la fillette, qui avait retrouvé son bon sens, observait la situation, comme si elle avait compris quelque chose qu'il ignorait.

— Mon garçon...

La voix de Damon résonna derrière lui. Peter se tourna brusquement et vit l'homme qui se versait tranquillement un verre de vin rouge, tandis qu'il continuait :

— ... si tu veux capturer quelqu'un ou quelque chose avec une nappe, tu dois d'abord t'assurer qu'elle est assez grande pour tout contenir...

— Tout contenir?... murmura Peter, regardant l'étoffe qu'il tenait en main.

Les jambes de l'homme qu'il pensait avoir emprisonnées avaient disparu. Et maintenant, la nappe renfermait... une grosse araignée hérissée de poils, qui tomba sur une de ses chaussures. Puis une autre araignée, une autre encore et une autre jaune et noire. Soudain, un coin de la nappe lui tomba des mains et tout un tas d'araignées grouillantes grimpèrent sur lui.

— Au secours ! Crystaaal ! Cryyys !

Le garçon se débattait, se roulait sur le sol, dans une tentative désespérée de faire tomber les araignées qui s'introduisaient dans ses vêtements.

— Cryyystal !

— Peter !

Le garçon sentit sur lui les mains de son amie.

— Peter, je ne sais pas ce que tu crois, mais il n'y a rien, absolument rien sur toi ! Tu m'entends ? Rien de rien !

Malgré les paroles rassurantes de Crystal, Peter n'osait pas ouvrir les yeux, tant il avait peur qu'une araignée n'y pénétrât. Ce n'était donc qu'une illusion ? Comment était-ce possible ? Pourtant, il sentait bien le fourmillement de toutes ces pattes sous ses vêtements !

— Peter, calme-toi, ce n'est rien !

Soudain, il entendit le grand rire de Damon.

— Tu peux regarder, Peter, dit le magicien. En effet, ce n'était qu'un jeu de ma part. Tu n'es pas fâché, j'espère ? Pourtant, je croyais que tu avais le sens de l'humour !

Le rire de Damon retentit dans le grand salon.

Encore sous le choc, Peter regarda son amie, penchée sur lui.

— Une illusion, ce n'était qu'une illusion !

— On ne peut pas l'attaquer de front, Peter, il faut tenter un moyen détourné !

— Vous commencez à m'ennuyer, les enfants, dit Damon, en saisissant Douglas par le col et en le traînant vers ses amis. Et pendant que vous pensez à la façon dont vous pourriez me neutraliser…

Tout en parlant, il prit une télécommande dans sa poche de pantalon et pressa un bouton. La paroi de verre qui séparait la cascade du reste de l'habitation se retira, disparut dans la roche. Un courant d'air froid et humide envahit la pièce. L'homme pressa un autre bouton et une lumière s'alluma derrière la cascade, éclairant l'intérieur d'une grotte.

— ... j'ai un petit travail pour vous, conclut-il, avec un large sourire.

Le shérif poussa un soupir de soulagement lorsqu'il vit Robert Kershaw monter dans un train qui l'emmènerait le plus loin possible de Misty Bay. Toute la nuit et une bonne partie de la journée, il avait écouté ce journaliste dégoiser des fariboles sur de prétendus enfants fantômes et une bande ayant existé soixante ans plus tôt. Il se demandait si cet homme se payait sa tête, comme il le faisait sûrement avec ses lecteurs naïfs. Ou peut-être le fait de brasser depuis si longtemps des idées aussi folles avait-il fini par le rendre dingue, lui aussi !

Enfin, ce n'étaient pas ses affaires. Le chef de train avait sifflé le départ et les portes se fermaient avec fracas. Ouf ! De sa vie, il ne reverrait plus Robert Kershaw ! Bon débarras !

Quelques mètres plus loin, deux hommes costauds se tenaient à l'écart, attendant des ordres. Le shérif consulta sa montre et sa pensée vola vers sa femme, qu'il imagina à la maison, en train de lui préparer un bon petit repas.

— Hé, chef ! Pssst !

Contrarié, l'homme leva les yeux vers une fenêtre ouverte du train, à quelques mètres de lui. Robert Kershaw l'observait, son éternel sourire aux lèvres.

— Hé, chef, je me trompe ou ce que je vous ai raconté ne vous a pas beaucoup intéressé ?

— Peuh ! grogna le shérif. Bien observé, jeune homme !

— Alors, ça ne servira à rien si je vous dis qu'il va se passer à Misty Bay des événements terribles que moi seul puis empêcher ?

— Absolument à rien!

— C'est ce que je craignais! Alors, au revoir!

— Salut!

En ricanant, Robert Kershaw se retira de la fenêtre. Il contrôla de nouveau l'étiquette, à ses nom et adresse, collée sur sa valise. Tout allait bien : grâce au talon de cette étiquette, il pourrait sans problème récupérer son bagage à la consigne de la gare. Il passa à son cou la courroie de son appareil photo. Cette fois, l'étui était rembourré et très résistant. Pas de blague, hein? La dernière fois qu'il avait sauté d'un train en marche, son Nikon s'était cassé en mille morceaux!

Quand le train s'ébranla, il s'obligea à rester assis jusqu'à ce que le convoi soit sorti de la gare. Puis il se leva et chercha en hâte un compartiment vide.

— À nous deux, Damon Knight, murmura-t-il, j'arrive!

20

À la recherche du livre perdu

Le bureau de Damon Knight était une pièce meublée de façon moderne et impersonnelle. Les fenêtres aux vitres polarisées repoussaient au-dehors les lumières de l'aube, ce qui permettait à Crystal de mieux se concentrer. Étendue sur un divan, les yeux fermés, le visage tourné vers le plafond, elle tenait ses mains croisées sur son estomac.

— Tu perçois leurs pensées? lui demanda Damon Knight.

— Évidemment, qu'est-ce que tu crois? Je ne suis pas une débutante! répliqua Crystal vertement. Ils ont peur.

— Ils ne devraient pas. L'équipement que je leur ai fourni est celui qu'utilisent mes chercheurs en Afrique du Sud. Et, de plus, ils peuvent compter sur l'aide d'une «télépathe». Si quelqu'un peut retrouver le *Malartium* et en sortir sain et sauf, ce sont eux!

— C'est bien ce *si* qui m'ennuie, commenta Douglas d'un ton sarcastique.

Crystal avait rétabli le «pont» mental entre elle et ses deux amis : tout ce qu'ils éprouvaient ou ressentaient, elle le recevait. Tout ce qu'elle éprouvait et ressentait, ils le recevaient aussi.

Au début, Douglas s'était senti dans un état curieux. Sa main le démangeait. Mais quand il se grattait, il s'apercevait que ce n'était pas sa propre main qui le démangeait, mais celle de Peter. De même, les mouvements les plus simples, comme marcher ou se baisser, le mettaient dans un état de confusion.

Peu à peu, il apprit à faire la distinction entre ses pensées et ses sensations, et celles des autres.

Il contrôla de nouveau l'équipement que Damon Knight leur avait fourni. Rien à dire, il n'avait pas regardé à la dépense ! En plus des casques qu'ils portaient sur la tête – de vrais casques de spéléologues, avec une lampe fixée au-dessus –, ils avaient enfilé une combinaison matelassée, faite dans un tissu imperméable inconnu de Douglas, qui avait pour double but de les protéger lors de chutes éventuelles et de conserver à leur corps une température égale. Ils avaient aussi chaussé de robustes bottillons (du genre parfaits pour les randonnées en montagne !) et protégé leurs mains, non pas avec des gants mais avec des mitaines, pour garder à leurs doigts toute leur mobilité s'ils devaient faire de l'escalade.

Peter avait pris un sac à dos imperméable pour y placer le *Malartium*... au cas où ils le trouveraient !

Mais le plus extraordinaire, c'était encore le sonar, un instrument très léger, à peine plus gros qu'un paquet de cigarettes, que chacun portait à la ceinture. Sur l'écran, on pouvait lire le tracé des parois de la grotte, jusqu'à cent mètres de distance. De cette façon, ils risquaient peu de pénétrer par erreur dans un boyau ne menant nulle part. Ils avaient décidé qu'ils utiliseraient leur sonar à tour de rôle, pour éviter de décharger les batteries inutilement.

— Tu vois quelque chose ? s'informa Douglas.

— Rien encore, répondit Peter, sans détacher ses yeux de l'appareil.

Ils avaient quitté la maison de Damon Knight depuis un bon moment, mais cette maudite galerie semblait ne pas avoir de fin.

— Mais enfin, il nous en faut du temps pour arriver à cette fichue grotte ! Au lieu de tout cet attirail, s'il nous avait donné des bicyclettes, il aurait fait moins belle figure, mais nous serions arrivés plus vite !

— Et toi, si tu l'avais bouclée à propos du *Malartium*, quand nous étions au cimetière, nous ne serions pas dans ce pastis en ce moment !

— Elle est bonne, celle-là ! Est-ce que je savais, moi, que Damon Knight nous écoutait ? Il a une oreille de lynx, celui-là !

— Euh… tu veux dire un « œil de lynx », je suppose. Lui, il avait plutôt l'oreille en coin et… Attends !

Peter tressaillit. Sur son petit écran, les deux tracés en pointillés rouges représentant les parois de la galerie venaient brusquement de s'élargir. Le garçon pressa le bouton du zoom, ce qui permit de définir les contours d'une grande caverne.

— Bingo, Douglas ! Nous y sommes !

— Tu as vu ? Il suffisait d'avoir de la patience !

Les deux amis débouchèrent dans le lieu qui leur était si familier. Le grondement du torrent leur emplit les oreilles.

— Regarde, nous sommes arrivés. Là-bas, c'est l'entrée de notre base secrète, dit Douglas.

— Ou, en d'autres termes, la porte de la prison d'Angus Scrimm, précisa Peter.

— Oui, mais d'après toi, qu'est-il devenu, ce maudit sorcier ?

— Malheureusement, ce n'est pas ce qui nous occupe en ce moment, répliqua Peter, qui ferma les yeux pour mieux se concentrer. Crys, tu m'entends ? Nous sommes arrivés à la grotte. Et maintenant ?

Les deux garçons attendirent un instant, puis la réponse de Crystal leur parvint de façon nette.

— Je vous reçois bien, Peter. Damon dit qu'il faut vous introduire dans la faille par laquelle on voit couler le canal souterrain. Surtout, soyez prudents!

Douglas se pencha sur la faille pour l'inspecter et pâlit.

— Oh! là là! Si j'étais pétochard, je dirais que ce torrent peut nous mener directement en enfer!

— Alors, évite de tomber dedans! répondit Peter, en commençant à s'enfoncer sous le niveau du sol de la grotte.

— Éviter, c'est vite dit! Et si j'y tombe quand même?

— Eh ben... nage et essaie de te tenir le plus loin possible des aspérités rocheuses.

— Tu sais, je ne t'ai jamais dit quelque chose...

— Tu souffres de claustrophobie?

— Oui, je crois, quelquefois. Mais il s'agit d'autre chose...

Peter se retourna et la lampe de son casque éclaira le visage pâle de son ami.

— Tu ne vas pas me dire que...

— Oh, non! s'exclama Crystal dans leur esprit.

— Eh oui, les amis! Notre héros ne sait pas nager!

Peter contempla le tunnel souterrain dans lequel le torrent se précipitait vers l'océan. Sur ses bords, il n'y avait pas une seule langue de terre sur laquelle marcher ; il faudrait longer la paroi en s'y tenant agrippé, tant à l'aller qu'au retour... si retour il y avait!

— Eh bien, Douglas, dit enfin Peter. Mon premier conseil reste valable : évite de tomber à l'eau, un point c'est tout!

— Ah, c'est malin! Une godasse aurait plus d'esprit que toi!

— Si cela peut te rassurer, je suis un bon nageur. C'est ma tante qui m'a appris à nager et même à sauver un baigneur de la noyade! Respiration artificielle comprise!

— Alors, tu saurais me faire du bouche-à-bouche en cas de besoin ?

— Sans problème !

— Eh bien, tu sais quoi ? Si jamais je tombe à l'eau…

— Oui, et alors ?…

— Laisse-moi me noyer, je préfère !

— Dites, les garçons, vous vous bougez un peu ? intervint Crystal. Je commence à être fatiguée de garder le contact à cette distance !

— D'accord, d'accord, Crystal, ne t'énerve pas ! répliqua Douglas. Euh… tu m'ouvres le chemin, Peter ?

— Mais oui, froussard. Colle-moi aux talons. Et ouvre l'œil, surtout !

Il assura ses lunettes sur son nez et disparut dans la faille.

— Alors, vous avancez ? demanda Damon, qui s'impatientait.

— Mais oui, *oncle* Damon, l'apostropha Crystal, en appuyant lourdement sur le mot *oncle*.

La fillette remarqua que ses mains tremblaient. La fatigue la gagnait, il était temps d'interrompre le contact et de se reposer.

L'homme devina les pensées de la fillette.

— Tu pourrais suspendre un peu la liaison, non ? Je crois que dans l'heure qui suit les garçons seront suffisamment occupés à faire de la grimpette sur les parois du tunnel.

— Qu'est-ce qu'il y a, *oncle* Damon ? Tu t'inquiètes pour moi ?

Une ombre de regret passa sur le visage sans expression de Damon.

— Je comprends ce que tu ressens, Crystal. Quand toute cette histoire sera finie, j'aimerais que tu restes avec moi. Je suis sûr qu'avec le temps tu me comprendras et que tu approuveras mes décisions.

La fillette lui décocha un sourire moqueur :

— Autrement dit, je finirai comme tes vieux amis? C'est comme cela que ça s'est passé? Ils s'étaient opposés à tes volontés?

— Non, mais ils constituaient des grains de sable dans l'engrenage qui doit faire de moi le Magicien suprême. Ils auraient sûrement tout compris. Ils n'étaient sans doute pas capables de s'opposer à moi, mais l'enjeu était trop important, je ne voulais rien risquer!

— Quand toute cette histoire sera terminée, tu pourras faire ce que tu voudras, reprit Crystal, une expression de dégoût croissant sur le visage. Tu pourras même m'obliger à changer d'idée. Mais, en attendant, ne joue pas la comédie d'une affection que tu n'éprouves pas. Tant que je pourrai faire autrement, je ne passerai jamais de ton côté!

— Les garçons, vous m'entendez?

— Oui, mais plus faiblement qu'avant! répondit Peter pour tous les deux.

— Écoutez, je commence à être lasse. Le *puissant magicien* ici présent m'autorise à me reposer un peu...

— Pas de problème, répondit Douglas, en s'efforçant de prendre un ton guilleret.

Pourtant, le bruit du torrent bouillonnant lui collait la peur au ventre, et il savait bien qu'il ne pouvait tromper Crystal.

— Ne t'en fais pas, nous serons prudents. Et puis Peter est un excellent nageur!

— Alors, d'accord. Faites attention!

— Oui, maman. Terminé!

Une prise après l'autre, de la main et du pied, les deux garçons progressaient. Douglas maudissait ses kilos en trop. Peter lança un énième coup d'œil sur le sonar : ce tunnel obscur semblait sans fin.

— Doug, tu ne pourrais pas, par hasard, rêver un petit coup, pour savoir si on a encore beaucoup de chemin à faire pour arriver au lac souterrain?

— *Niet, nada,* absolument pas, Peter. C'était une vision très confuse et fragmentaire. As-tu essayé de régler le zoom au maximum?

Pour suivre le conseil de son ami, Peter s'arrêta et pressa le bouton.

— Attends, je vais contrôler. Voyons, j'essaie de régler la distance sur deux cents mètres...

À ce moment, la roche saillante à laquelle Peter s'était agrippé s'effrita et se détacha de la paroi.

— Peter! dit Douglas, la voix nouée, tandis qu'il voyait avec horreur son ami dégringoler vers le cours d'eau impétueux.

Tout d'abord, Peter rebondit sur une aspérité qui freina un peu sa chute. Mais tout le poids de son corps se déplaça sur son épaule gauche. Crac! Son articulation en prit un grand coup. Le garçon poussa un cri de douleur.

— Aaah! Aide-moi, Douglas, ça me fait un mal de chien. Mon bras est paralysé, je ne peux... peux plus... Ouille!

— Surtout ne bouge pas ton bras! hurla Douglas, qui se déplaçait à sa rencontre. Je te dis de rester immobile!

— Je n'y peux rien! La roche est glissante! Je tombe!

— Tiens bon! Voilà, j'y suis presque! Allonge ta jambe!

Douglas saisit son ami par sa chaussure.

— Je te tiens, Peter, je te tiens. Maintenant...

Mais son ami était en équilibre sur un bord rocheux étroit ; il glissa et sa chaussure resta dans la main de Douglas, lui cassant net les ongles.

— Douglaaaas ! hurla Peter, avant de dégringoler lourdement, comme un caillou, dans l'eau du torrent.

Crystal sentit une lame de couteau lui transpercer le cerveau, une morsure lui tenailler la tête. Sa grand-mère lui avait appris des techniques de relaxation pour faire face aux maux de tête que lui infligeaient les efforts de télépathie. Elle s'efforça de les appliquer, espérant qu'elles seraient rapidement efficaces.

Damon Knight poussa quelques jurons silencieux, pour ne pas troubler le repos de la fillette. Lorsqu'il serait en possession du *Malartium,* il n'aurait plus besoin de personne pour savoir ce qui se passait dans n'importe quelle partie du monde... Et même plus loin !

S'il avait eu ce livre aujourd'hui, il aurait pu surveiller lui-même les mouvements des deux garçons.

Mais s'il avait eu ce livre aujourd'hui, quelle aurait été sa surprise de constater qu'aucun des deux ne se trouvait là où il le croyait. Les parois du tunnel souterrain étaient vides.

Le torrent continuait sa course folle.

21

Un coup à se casser le cou !

Il y a des gens qui se croient courageux, mais qui, quand vient le moment d'en donner la preuve, se dégonflent lamentablement. D'autres, au contraire, se tiennent pour des lâches, mais s'étonnent ensuite eux-mêmes de leur comportement, stupéfiant aussi leur entourage. Tant que l'on ne s'est pas trouvé dans le feu de l'action, on ne peut jamais présumer de la façon dont on réagira face à des situations extrêmes.

Douglas n'avait pas hésité une seconde à rejoindre son ami dans les flots impétueux du torrent. S'il y avait réfléchi, il se trouverait probablement encore au sec sur le bord de la paroi du tunnel. Mais son instinct avait été le plus fort.

Pour le moment, il faut bien dire qu'il ne se préoccupait pas de Peter. Après quelques secondes de panique totale, il essayait de concentrer toute son énergie pour respirer une bouffée d'air ou éviter de se cogner contre les parois rocheuses.

Le casque à réflecteur était protégé par un robuste bourrelet de caoutchouc et la lampe imperméabilisée faisait encore son devoir. Comme il ne savait pas nager, il agitait ses bras et ses jambes comme il l'avait vu faire dans des films. Ainsi, il réussit à se tenir la tête hors de l'eau et poussa un profond soupir. Il ne pouvait évaluer sa vitesse, mais le courant était rapide, il le sentait bien. Pourrait-il repartir à contre-courant? Il remarqua alors que les parois se resserraient. Au loin, il apercevait l'éclat de la lampe de Peter.

— Peter!... *sbrouf... plouf...* Peeeter!

L'eau le submergea de nouveau, il fut entraîné par le courant jusqu'à perdre le sens de l'orientation. Il nagea furieusement pour remonter à la surface, mais cogna son casque contre un rocher. Le choc le fit remonter à l'air libre. Il toussa et respira à fond. Le tunnel s'était encore resserré, devenant un étroit boyau de deux mètres de large à peine. Au-dessus de sa tête, le plafond de la grotte ne devait pas atteindre deux mètres non plus.

Peter n'était plus très loin. Avec un peu de chance, il aurait pu... Non! Comment cela se présentait-il là-bas? Le torrent se ramifiait en deux bras plus étroits. Il fallait à tout prix prendre celui dans lequel son ami se trouvait en ce moment, à supposer qu'il soit encore vivant!

Il le vit passer dans le bras de gauche.

De toutes ses forces, il essaya de nager dans cette direction. Mais il prit trop d'élan et s'approcha dangereusement de la paroi de droite. D'un coup de reins, il réussit à se redresser, et les semelles de ses chaussures allèrent frapper la roche. Ouf! Il avait évité de se casser le cou... mais le choc l'envoya rebondir contre la paroi de gauche. Et, en un instant, il fut englouti par le boyau de droite.

De son côté, la migraine de Crystal s'était atténuée, elle se sentait mieux. Elle appela Damon Knight et renoua le contact avec ses deux amis.

— Peter, Doug, comment ça va? Où en êtes-vous?

— Nous avons fait un beau trou dans l'eau, répondit mentalement Douglas, en faisant très attention à rester à la surface, tout en évitant de se cogner aux parois du boyau.

J'ai perdu Peter de vue. Il était blessé. Vois si tu peux établir une liaison avec lui !

— J'essaie, mais je ne reçois que des pensées désordonnées ! Courage, Doug ! Tu vas t'en sortir !

La voix faiblit brusquement d'intensité. Douglas aspira une profonde goulée d'air. C'était peut-être sa dernière, qui sait ?

Il plongea, raclant la roche avec son dos, son ventre et ses jambes. Il remercia de tout son cœur la robuste combinaison matelassée que Damon Knight l'avait obligé à enfiler ! La lampe de son casque éclairait sous l'eau la roche qui l'entourait, mais il avait tourné sur lui-même tant de fois, fait tant de galipettes sous l'eau qu'il avait perdu le sens du dessus et du dessous ! Où était la surface pour remonter respirer ? Sa vue s'obscurcit et il sentit qu'il s'évanouissait.

Pendant un temps qu'il ne put évaluer, il se retrouva en train de voler, jambes en l'air, tandis que Crystal hurlait dans ses oreilles. Il ouvrit les yeux juste avant de replonger dans l'eau. Mais c'était une eau différente, cette fois, plus calme, sans courants. Il fut poussé vers le haut et atteignit la surface. Le problème était maintenant de s'y maintenir !

Regardant autour de lui, il se rendit compte à l'instant qu'il avait trouvé le lac souterrain de ses rêves ! Puis… *Aaaargh ! Glou… Glouououb !…* il se souvint qu'il ne savait pas nager.

— Hé, Douglas ! Tu m'entends ? Détends-toi et libère ton esprit ! Je sais que c'est difficile, mais essaie de percevoir mon expérience. Nage comme si c'était moi !

— Je n'y arri… *blouf…* ve… pas !

— Mais si, tu vas y arriver, Douglas. Détends-toi, reste sur le dos. Remue d'abord un bras, puis l'autre. Maintenant les jambes. Voilà, tu flottes à la surface, pas vrai ? Respire, il suffit de bouger légèrement les jambes et les bras pour rester entre deux eaux. Relaxe-toi !

— J'y arrive, Crystal, j'y arrive !

— Je le *sens,* Douglas. Tu es formidable !

— Hé, Crys, c'est facile ! Je nage tout seul, maintenant !

— Bravo ! Mais il faut penser à Peter ! J'ai repris le contact : il te voit, mais il a l'épaule hors service ! Il ne peut pas nager !

Douglas se retourna et distingua dans le lointain la lumière du casque de Peter. Il se tourna avec précaution sur le ventre et se mit à nager vers lui, d'abord lentement, puis avec plus d'énergie.

— Continue comme ça, Doug ! Un bras, puis l'autre. Une jambe, puis l'autre...

— D'accord, d'accord, je connais la chanson maintenant !

Douglas rejoignit enfin son ami.

— Du calme, Peter... *spout... glouf...* J'ai appris à nager !

Et après de nombreuses brasses, au prix d'une énorme fatigue, ils rejoignirent le bord du lac souterrain.

— Bravo, Doug, haleta Peter, entre deux quintes de toux. Ne t'inquiète pas, je n'ai pas besoin que tu me fasses du bouche-à-bouche !

— Alors ? Comment ça se passe ? demanda Damon Knight, bouillant d'impatience.

— Ils ont réussi, répliqua Crystal, avec un soupir de soulagement.

— Bien... très bien ! Et les équipements ?

La fillette réprima un sourire, en remarquant le souci intéressé du sorcier.

— Ils sont intacts, à commencer par l'appareil à ultrasons...

— Dans ce cas, dis-leur de se dépêcher de rentrer !

Peu à peu, Peter retrouvait l'usage de son bras gauche. Son épaule était terriblement douloureuse, mais elle n'était pas cassée. Il y avait eu plus de peur que de mal.

Les combinaisons imperméables les avaient protégés. Mais sous les casques, leurs cheveux étaient trempés. Ils claquaient des dents, frigorifiés.

Quelque chose semblait bouillonner sous le crâne de Douglas.

— Je donnerais bien un dollar pour savoir à quoi tu penses, dit Peter.

— Je regardais le lac. Je jurerais que c'est celui que j'ai vu en rêve. Pourtant, il me semble différent…

— Pétard de sort ! J'espère qu'il n'y en a pas un autre ! Nous aurions peut-être dû prendre l'autre boyau… Tu l'as vu, toi aussi ?

— Non seulement je l'ai vu, mais je me suis fourré dedans. Puis nous nous sommes retrouvés ici !

— Tu dois avoir raison, regarde là-haut ! répondit Peter, en indiquant deux tunnels dans la paroi rocheuse, d'où jaillissaient de nombreux jets d'eau. J'ai débouché par cette ouverture et toi, tu es sûrement passé par l'autre !

— Hum… c'est probable. De toute façon, tout me paraît un peu différent. Laisse-moi vérifier…

Douglas brancha son sonar.

— Le lac souterrain doit avoir un diamètre de cent mètres environ…

— Tu sais, les rêves sont étranges. Dans ton cas, il s'agissait plutôt d'une vision. C'est peut-être ce qui explique une différence entre la vision et la réalité…

— Je ne sais pas. Mon souvenir est très vague…

— Je peux peut-être t'aider, Doug, intervint Crystal. Je vais suspendre momentanément mon pont mental avec

Peter, et intensifier celui que j'ai avec toi. Concentre-toi bien sur les souvenirs que tu as gardés de ton rêve !

— Tu es vraiment incroyable, Crys ! Bon, essayons toujours !

Douglas se concentra sur des parcelles de son rêve. Il sembla alors à Crystal qu'elle tombait dans un extraordinaire jeu vidéo en 3 D. Elle revit distinctement une scène : le jeune Damon jetait le *Malartium* dans le torrent souterrain. Soudain, elle se trouva plongée dans l'eau et dans la pénombre ; pourtant, elle voyait le livre qui tournicotait sur lui-même, ballotté par le courant. Cela dura quelques secondes – eau, bulles, sens dessus dessous –, puis ce fut le noir complet. La fillette se douta que son ami avait un trou de mémoire. Elle s'efforça alors à se «déplacer» dans cette direction, jusqu'à ce que l'image du volume flottant lui réapparaisse : elle le vit s'engager dans le boyau qu'avait parcouru Douglas, pour se jeter enfin... dans le lac souterrain.

Mais voilà où était la différence ! Il n'y avait aucune dénivellation entre la surface du lac et l'endroit où débouchaient les eaux des deux boyaux, alors que Douglas et Peter avaient fait un vol de plusieurs mètres. Il y a soixante ans, le niveau des eaux était probablement beaucoup plus haut.

Aujourd'hui, le volume de l'eau était aspiré par une faille dans la roche... Crystal se concentra au maximum : elle avait besoin d'un point de référence pour que les garçons puissent plus facilement repérer l'endroit où se trouvait l'ouverture. Ah, cet éperon rocheux ! Il avait la forme d'une tête de coq, ce serait idéal !

De nouveau le noir, un trou de mémoire, et enfin une grotte revêtue de cristaux.

— Assez ! Je n'en peux plus ! s'exclama la fillette dans la tête de Douglas.

— Ne t'en fais pas, Crys. Tu nous es très utile. Maintenant, déconnecte-toi et va te reposer. J'ai vu aussi ce que tu as aperçu et je devrais pouvoir repérer la roche en forme de tête de coq, la tranquillisa Douglas à haute voix.

— Okay, les garçons, à tout à l'heure !

— Une tête de coq? répéta Peter, resté en dehors de la «connexion».

— Oui, il y a soixante ans, le niveau de l'eau était plus haut et le livre a pu aller s'encastrer dans une fissure, près d'une roche ayant cette forme.

— Ah, alors il va falloir grimper?

— Sûr! Mais si c'est trop difficile, j'irai tout seul. À propos... et tes lunettes? Tu les as perdues dans le torrent?

— Ah, pas du tout! dit son ami avec un sourire satisfait. J'avais déjà prévu que je pourrais tomber à l'eau et alors...

D'un rapide mouvement du bras droit, il tira une cordelette qu'il portait autour du cou : à l'autre bout pendaient ses lunettes, un peu mal en point mais entières.

— Super!

Les deux garçons parcoururent le tour du lac quand soudain...

— La voilà! cria Douglas, en montrant une roche en saillie, une quinzaine de mètres plus haut. La tête de coq!

— Hum... murmura Peter. Il me semble que la paroi présente assez d'aspérités pour pourvoir l'escalader... Je crois que je vais grimper, moi aussi!

— Attends, ce n'est peut-être pas la peine. Je monte d'abord et je te dis ce que je vois.

En effet, l'escalade ne présenta pas de difficultés et Douglas atteignit la «tête de coq». Il éclaira les alentours avec sa lampe de casque et vit le trou par lequel le livre était passé. Regardant par l'ouverture, il vit qu'un nouveau couloir étroit s'ouvrait, dirigé vers le bas. Il régla son sonar et constata qu'une dizaine de mètres plus loin, ce boyau débouchait sur une grotte plus vaste.

— Alors, attends-moi, je viens avec toi ! dit Peter, quand Douglas lui eut décrit la situation.

Il chaussa de nouveau ses lunettes et, centimètre par centimètre, il rejoignit son ami, qui l'aida à s'introduire dans l'ouverture.

La progression dans le boyau fut difficile. Les garçons étaient obligés de ramper, et pour Peter, qui ne pouvait s'appuyer que sur un bras, ce fut particulièrement douloureux. Enfin, le faisceau de sa lampe éclaira la sortie du boyau.

— La voilà ! annonça Crystal dans leur esprit. Regarde, Doug, c'est la grotte aux parois revêtues de cristaux. Vous y êtes !

Les deux amis sortirent par le trou terminal et purent enfin se tenir debout.

Peter ramassa un fragment de cristal.

— Du sel, annonça-t-il après l'avoir observé et goûté du bout de la langue. Toute la grotte est tapissée par une couche épaisse de dépôts salins.

— Mais pourquoi ? Je veux dire : que fait là tout ce sel ?

— Bonne question ! Je ne sais pas, mais j'en ai plein le dos de cette grotte !

— Tout à fait d'accord. Cherchons ce fichu livre et filons !

Sur ces mots, Douglas consulta de nouveau son sonar. La grotte faisait une vingtaine de mètres de longueur et sept dans sa partie la plus haute. Le plafond semblait truffé de galeries verticales ; certaines ne menaient nulle part, d'autres sortaient du champ de l'appareil.

— Doug ! Dis-moi que je rêve !

Douglas regarda dans la direction qu'indiquait son ami. À quelques pas de là, derrière une plaque de cristaux de sel, il y avait… le *Malartium* !

— C'est lui ! C'est lui ! Vous l'avez ! hurla Crystal, en trépignant de joie.

— Attends avant de chanter victoire ! Ce ne sera pas facile de l'extraire de la roche ! dit Peter, en posant sa main sur la paroi de sel transparente, à travers laquelle on apercevait nettement le volume. Doug, jette un coup d'œil dans mon sac à dos, je dois avoir un petit piolet.

Douglas obéit.

— Oui, je l'ai. J'en ai un accroché à ma ceinture, moi aussi. Mettons-nous au travail !

Ils se mirent à piqueter énergiquement la paroi, mais le travail fut plus difficile qu'ils ne l'avaient cru. Un jet d'eau jaillit par un trou fait par un coup de piolet.

— Tu te rends compte, Peter, si on perçait les canalisations de la maison de Damon Knight ? plaisanta Douglas.

Mais Peter ne rit pas : il mit sa main en coupe et recueillit de l'eau, qu'il porta à ses narines.

— Eau de mer ! murmura-t-il.

— De l'eau de mer ? D'où vient-elle ?

— Nous avons dû descendre au-dessous du niveau de la mer. Peut-être qu'autrefois...

— Hein ? Quoi ? Ai-je bien compris ? Nous sommes sous le plancher de l'océan ?

— Ce n'est qu'une hypothèse, mais c'est la seule explication que je trouve à la présence de tout ce sel. Je pense que cette grotte était autrefois remplie d'eau de mer.

— Je ne sais pas pourquoi, mais je ne suis pas rassuré du tout ! Au boulot !

Les garçons redoublèrent d'efforts.

— Enfin, ça y est ! Ils ont le livre ! dit Crystal, à quelques kilomètres de distance.

— Bravo ! Parfait ! s'exclama Damon Knight en s'asseyant auprès de la fillette. Maintenant, qu'ils se dépêchent de revenir, les batteries des torches et du sonar ne vont pas tarder à être à plat!

— Ah, problèmes en vue!

— Ce qui veut dire?...

— Qu'ils sont descendus très en profondeur. Et ils ont pris un chemin si sombre qu'il leur sera pratiquement impossible de reprendre le même pour revenir.

— Hum, tu as peut-être raison. Conseille-leur de chercher un autre passage. La falaise est truffée de galeries qui pourraient les reconduire à la surface.

— Un autre passage? répliqua Douglas, scrutant des yeux la voûte de la grotte. Il y a bien ces petites galeries, au plafond, mais comment s'y infiltrer?

Peter se gratta le menton.

— Non, pas question. Essayons plutôt de revenir au lac...

— Dis donc, Peter, je me trompe ou il n'y avait pas toute cette eau par terre auparavant?

Les deux amis se retournèrent d'un bloc vers la faille qu'ils avaient provoquée en retirant le *Malartium* : elle se remplissait d'eau à vue d'œil, tandis que des jets crachotaient en plusieurs points.

— Vite! hurla Douglas! Sinon nous allons être noyés comme les rats du *Titanic*!

— Attends!

Peter lui tendit le volume.

— D'abord, mets-le dans mon sac à dos.

Douglas lui lâcha un bon paquet de gros mots, mais il obéit. Il avait à peine fini de fermer le compartiment imperméable qu'ils entendirent un grondement. La terre se mit à trembler.

— Mince, alors! Il ne nous manquait qu'un tremblement de terre! hurla Douglas, en se précipitant vers le boyau par lequel ils étaient entrés.

— Les garçons, dépêchez-vous ! Allez, vite ! les exhorta Crystal.

Ils rejoignirent le boyau une seconde avant qu'un éboulement de roches et de cailloux n'envahît l'étroit passage.

— Avance, Douglas ! Désolé de te bousculer, mais... protesta Peter, aidant son ami à grimper en le poussant par-derrière.

— Peter, je n'y arrive pas ! Tout s'écroule ici !

Des fragments de pierraille de plus en plus gros rebondissaient en tombant le long de la galerie. Pour aggraver la situation, la torche du casque de Douglas commençait à s'affaiblir.

— Aïe, aïe, aïe ! Peter, nous allons y laisser notre peau !

— Il faut agir !

Dans le fracas des éboulements, Peter prit une grande décision.

Il se dirigea vers la faille d'où jaillissait une eau de plus en plus abondante. Maintenant, c'était au tour de gros blocs de roche de se détacher du plafond de la petite grotte. Douglas se tourna, désespéré, vers son ami et resta pétrifié de surprise : avec son piolet, Peter martelait à coups énergiques l'endroit d'où jaillissaient les jets d'eau de mer. « Il est devenu fou ! » se dit-il.

— Non, Doug ! Il a raison ! hurla Crystal dans son crâne. C'est une tentative désespérée, mais c'est votre unique chance de vous en sortir !

La paroi céda brusquement et une cascade d'eau se déversa dans la grotte.

— Allons-y, cassons tout !

Douglas, fou de peur, éclata d'un rire hystérique.

Peter, toujours très calme, le rejoignit. Il lui indiqua l'écran de son sonar, puis pointa son doigt sur l'un des boyaux qui s'ouvraient dans la voûte, au-dessus de leur tête.

— Ils se dirigent droit vers le haut, tu vois? Ils doivent bien déboucher quelque part! Grimpons par là!

— Tu as le cerveau ramolli, Peter!

Son ami n'eut pas le temps de répondre. En un clin d'œil, la grotte fut inondée et l'eau commença à les pousser vers le haut. Peter fut le premier à s'engager dans le boyau et Douglas le suivit, forçant son corps grassouillet à progresser dans l'étroit passage, à coups de Aïe!... Ouille!... Pfffrr!... Brouf!... Mais il réussit à le suivre de près et s'agrippa à lui.

Ils grimpèrent à toute allure, car la poussée de l'eau augmentait sans cesse. Peter, les yeux grands ouverts, fixait la sortie. Douglas, lui, les tenait bien fermés et n'arrêtait pas de crier ou de boire la tasse. Reprenant courage, il ouvrit les yeux... Malédiction! Ils étaient dans le noir total! Les batteries des torches s'étaient vidées. Un caillou tomba sur son casque, un autre lui meurtrit l'épaule : le boyau s'écroulait sur eux! Il referma les yeux, chercha une prière adaptée à la circonstance... Quand il les rouvrit, il constata qu'ils se trouvaient sous une véritable avalanche de pierres.

« Un moment, se dit-il, j'y vois clair! »

La clarté allait en augmentant et, en un éclair, Douglas se mit à voler au-dessus de la falaise. Le ciel, enfin! Et là-haut, comme c'était drôle, Peter tournoyait sur lui-même, la tête en bas. Puis la poussée vers le haut s'atténua et il commença à descendre. Il apercevait... ah, quelle merveilleuse sensation!... il apercevait le haut de la falaise, tandis qu'il descendait, descendait, comme un oiseau de mer tombant en piqué sur... sur quoi? L'océan! Au-dessous de lui, c'était l'océan, avec ses rochers dressant leurs pointes effilées vers lui. À ce moment précis, il tomba dans l'eau de mer.

— Doug, tu veux que je t'explique comment nager? dit Crystal dans sa tête, tandis qu'il remontait à la surface.

— Crys, après ce que je viens de vivre, tu parles comme quatre brasses vont me faire peur !

— Alors ? demanda Damon Knight, au comble de l'impatience.

— Alors ils ont réussi et ils vont bien, répondit Crystal, épuisée mais heureuse, interrompant la liaison mentale avec ses deux amis.

— Ne te paye pas ma tête, ma petite, tu sais très bien ce que je veux savoir !

— Le précieux livre est au sec dans le sac à dos de Peter qui, en ce moment, regagne la rive avec l'aide de Douglas.

— Bien, parfait, répliqua Damon, satisfait.

Il se tourna vers la fenêtre donnant sur l'océan, la tête emplie de pensées.

Crystal l'observa en silence. Une idée la tourmentait depuis quelques heures. Comment Damon en était-il arrivé là ? Pourtant c'était bien lui, le Damon Knight d'autrefois, le chef des anciens Invisibles. Il avait vu de ses yeux la prison d'où s'était échappé Angus Scrimm. Et si… Et si, derrière tout cela, il y avait la main de ce vieux fou de sorcier ? Et si c'était lui qui avait hypnotisé Damon Knight ? Mais bien sûr ! Elle la tenait, l'explication ! Crystal décida de faire une dernière tentative pour explorer l'esprit de Damon.

Mais il se raidit et, se retournant brusquement, il marcha droit sur elle. Il emprisonna le cou de la fillette dans sa main droite et serra très fort, la laissant presque sans souffle.

— Pas de ce petit jeu avec moi, hein ? Compris ? N'essaie pas de lire dans mon esprit !

Sur ces mots, il la lâcha.

La fillette retomba sur le divan en toussant.

— Damon, reprends-toi, lui dit-elle entre deux quintes de toux. Tu es sous le contrôle d'Angus Scrimm !

L'homme resta de marbre, puis éclata d'un rire tonitruant.

— Angus Scrimm me contrôle? Ah, ma petite, pour les enfants tout est toujours blanc ou noir, pas vrai?

Il s'interrompit et plongea ses yeux dans les siens. Crystal commença à se sentir mal à l'aise.

— Tu veux savoir ce qu'est devenu Angus Scrimm, hein? reprit-il. D'accord, tu as bien mérité une réponse!

Il la saisit par le bras et l'entraîna hors de la pièce. Un petit ascenseur se trouvait dans l'entrée. Il l'ouvrit, la poussa à l'intérieur, la suivit et appuya sur le bouton du bas. La cabine sembla descendre jusqu'aux entrailles de la montagne. Quand elle s'arrêta, la porte s'ouvrit sur un étroit couloir creusé dans le granit, éclairé faiblement par des loupiotes accrochées au plafond. Damon sortit, serrant toujours le bras de la fillette, et l'entraîna vers le fond du couloir, jusqu'à une lourde porte de bois. Il tira de sa poche une étrange clé rougeâtre, aux dents pointues. Avant de l'introduire dans la serrure, il la montra à Crystal.

— Pour enfermer un sorcier, il faut une clé magique!

Après trois tours de clé, la lourde porte s'ouvrit. À l'intérieur, l'obscurité était totale. Au fond de la pièce, on distinguait pourtant une table poussiéreuse et la silhouette d'un homme assis, l'air accablé, sur une chaise.

— Hé, le vieux, je t'ai amené de la compagnie, dit en souriant Damon Knight. Prends-en bien soin, n'est-ce pas?

Il poussa la fillette dans le dos.

Crystal se retourna vivement pour empêcher l'homme de refermer la porte sur elle, mais Damon Knight fut plus rapide. La fillette appuya ses mains sur la porte close. Étouffé par l'épaisseur du bois, elle entendit le rire de Damon Knight qui s'éloignait.

Elle demeura immobile. C'est alors qu'elle entendit dans son dos la voix d'un homme très âgé, et cette voix lui disait :

— Crystal, mon enfant, approche!

Prenant son courage à deux mains, elle lui fit face. Ses yeux commençaient à s'habituer à la pénombre et elle distingua la silhouette du vieil homme, sa longue barbe blanche, la tunique sombre et poussiéreuse qui le couvrait jusqu'aux pieds.

— Approche-toi, je t'attendais! répéta l'homme.

Écartant alors un pan de sa tunique, il lui fit voir un morceau de bois carré, qu'il posa sur la table.

— Je m'appelle Angus Scrimm, lui dit-il. Toi, tu es la petite-fille de Susan Cooper, je pense...

— Oui! répondit Crystal, s'approchant à petits pas.

Maintenant, elle distinguait mieux la planchette de bois. C'était un échiquier rudimentaire, et les pièces disposées indiquaient que la partie était déjà avancée, car certaines manquaient sur les cases.

Le vieillard leva les yeux sur elle et lui sourit de sa bouche édentée. Puis il lui demanda :

— Tu sais jouer aux échecs?

22
Robert Kershaw raconte

— Qui je suis et qu'est-ce que je fais à Misty Bay? Oh, c'est très simple! dit Robert Kershaw, en se tamponnant le nez d'où coulait un peu de sang.

Ken et Hettie étaient tout prêts à écouter son récit.

Un instant auparavant, Ken dormait d'un profond sommeil. Il était étendu sur le divan de la vaste salle à manger, la tête sur les genoux de son épouse Hettie.

Celle-ci passait ses doigts dans ses cheveux blancs et se demandait si tout cela finirait un jour. Si elle avait réussi à ne pas pleurer en présence de Damon Knight, ce n'était pas maintenant qu'elle allait le faire, surtout pas devant son mari, qui pouvait se réveiller d'un moment à l'autre.

Un bruit léger l'avait tirée de ses pensées : on aurait dit un gravillon lancé sur une vitre... Elle avait regardé dans cette direction. Mais de l'endroit où elle était, on ne distinguait que la pente rocheuse de la montagne, couverte de buissons et qui, dans la lumière rougeâtre du couchant, commençait à prendre une teinte de rouille.

Un autre gravillon sur la vitre... Cette fois, Hettie s'était appliquée à mieux regarder : un homme aux cheveux blonds se tenait dehors et lui faisait signe de la main en souriant.

Hettie s'était levée, intriguée et, s'approchant de la fenêtre, en avait tourné la poignée. À sa grande surprise, la fenêtre s'était ouverte sans peine.

— Bonjour, avait chuchoté l'homme blond. Surtout, ne criez pas! Mon nom est Robert Kershaw, je suis journaliste. Mon comportement doit vous sembler bizarre, mais…

— Jeune homme, quel bonheur de vous rencontrer! l'avait interrompue Hettie. Vous êtes en danger, vous aussi! Ne perdez pas de temps : courez à la police et dites que Damon Knight nous retient prisonniers dans sa maison. Vous avez compris?

— Parfaitement, madame! avait répondu Robert Kershaw, sans cesser de sourire. M. Knight n'est pas exactement ce qu'il paraît, n'est-ce pas?

— Bravo pour votre intuition. Maintenant, je vous en prie, filez au commissariat et faites venir le shérif ici!

— Le shérif et moi ne sommes malheureusement pas en excellents termes, vous savez!

— Je m'en moque! Cet homme nous séquestre. Le shérif devra bien vous écouter!

Le journaliste n'était pas ravi d'abandonner la piste qu'il suivait avec tant d'obstination. Pourtant, il avait répondu :

— D'accord, madame. Tenez bon. J'y vais et je reviens!

— Bravo, jeune homme!

Robert Kershaw avait remonté le raidillon avec peine, car le retour était plus difficile que l'aller, lui avait-il semblé. Cependant, un pas après l'autre, il avait gravi le sentier couvert de graviers, et s'était retrouvé dans le petit bois appartenant à Knight. Il s'était enfoncé le plus rapidement possible dans les buissons, riant sous cape à la pensée de la tête du shérif. Il avait dépassé les derniers arbustes quand il s'était arrêté net, surpris.

Il s'était attendu à être arrivé au pied du mur d'enceinte de la villa, et, au lieu de cela, il se retrouvait à l'entrée.

«Je devais être distrait, s'était-il dit, et j'ai tourné en rond. Il faut que je sois plus attentif.»

Il avait fait demi-tour et avait repris le chemin depuis le début, pénétrant dans les buissons... pour se retrouver de nouveau à son point de départ.

«Il y a quelque chose qui cloche. Comment est-ce possible? J'ai encore fait une boucle!»

Il s'était mis alors à courir mais Damon Knight l'attendait à mi-parcours et lui avait dit, avec un sourire sinistre :

— Ne courez pas aussi vite, vous allez vous essouffler. De toute façon, vous n'arriverez jamais à la grille! Retournez donc vous asseoir auprès de Mme Halloway. Je vous poserai quelques questions plus tard... En attendant, j'ai plus important à faire!

Naturellement, le journaliste lui avait sauté dessus, mais avait été projeté sans douceur contre un chêne. Damon Knight avait éclaté d'un rire sardonique.

Et c'est ce qui expliquait que Robert Kershaw, qui avait rejoint l'oncle et la tante de Douglas, était assis avec eux, en train de tamponner le sang qui coulait de son nez. Ken Halloway reprenait lentement conscience et Hettie le mettait au courant des derniers événements.

— Alors, comme ça... c'est un sorcier, fut le seul commentaire du journaliste au récit de cette incroyable histoire.

Son saignement de nez s'était arrêté, et il put à son tour raconter son histoire.

— Cela fait des années que je suis sur les traces d'une bande d'adolescents qui se prennent pour des redresseurs de torts. Ils surgissent à l'improviste et résolvent tous les cas délicats impliquant des enfants. Puis ils disparaissaient mystérieusement. Depuis quelque temps, leurs traces convergent vers un lieu unique : Misty Bay. Je ne sais pas qui ils sont, mais ils se font appeler les Invisibles...

— Les… Invisibles? intervint Ken Halloway.

Comme s'il ne l'avait pas entendu, le jeune homme sortit un bloc-notes d'une de ses nombreuses poches. Il feuilleta quelques pages avant de trouver celle qu'il cherchait.

— Tout est consigné là-dedans : les Invisibles ont commencé à manifester leur présence il y a une dizaine d'années, pas plus. On trouve trace de leurs apparitions dans tous les États-Unis. Voyons… New York, Boston, Memphis, Los Angeles…

L'homme fit une légère pause, puis son visage s'éclaira d'un sourire.

— Et quelque chose me dit qu'ils vont apparaître ici, à Misty Bay!

Damon Knight n'avait pas pu questionner son nouvel invité, Robert Kershaw, parce que les garçons étaient revenus entre-temps. Enfin, le *Malartium* allait être à lui!

— Tu crois que nous faisons bien? demanda Douglas à Peter, qui appuyait sur le bouton de l'interphone.

Le garçon s'était libéré de son sac à dos et tenait fermement le volume dans ses mains.

— À vrai dire… si on veut être tout à fait honnêtes…

Douglas posa ses doigts sur les lèvres de son ami.

— Chut! Pas de discours moral… Réponds-moi simplement par oui ou par non!

— Nous n'avons pas beaucoup de choix, il me semble, répliqua Peter, d'un ton morne. Il en va de notre vie à tous!

L'image de Damon Knight s'inscrivit sur le petit écran de l'interphone.

— Mes compliments, les garçons! Je savais bien que vous y arriveriez! Entrez!

La grille s'ouvrit sans bruit. Les deux amis se regardèrent une fois encore dans les yeux et entrèrent.

Quand le magicien put enfin tenir dans ses mains le livre qu'il avait tant cherché, son visage se déforma en une expression de triomphe avide. Il le feuilleta, en proie à une grande excitation. Le volume était un peu rongé par le sel, mais en bon état, somme toute. Il le soupesa encore, puis sembla redevenir maître de lui. Serrant le livre contre lui, il dit aux garçons de se changer, puis leur intima l'ordre de le suivre vers l'ascenseur.

C'est ainsi qu'un bref instant plus tard Damon Knight ouvrit la cellule où était emprisonné Angus Scrimm.

— Douglas, Peter ! Vous êtes sains et saufs ! s'exclama Crystal, courant à leur rencontre.

Elle embrassa Douglas, qui avait fait quelques pas à l'intérieur. À ce moment, la porte se referma en claquant.

— Non, pas Peter ! cria Crystal.

Mais Damon avait retenu Peter hors de la cellule. Il saisit par l'épaule le malheureux garçon, qui tremblait d'émotion, et le guida le long d'un couloir.

— Ne t'inquiète pas, Crystal, dit l'homme d'une voix assez forte pour être entendu, Peter et moi avons d'autres engagements. N'est-ce pas, Peter ?

À l'intérieur de la cellule, les deux amis étaient désespérés.

— Où l'emmène-t-il ? demanda Douglas.

— Vous lui avez remis le *Malartium* ? intervint le vieillard, resté dans l'ombre.

— Oui, mais…

— Alors, Damon Knight accomplira cette nuit le rite qui fera de lui le Magicien suprême !

— Oh non ! s'écria Crystal. Vous voulez dire le sacrifice humain… sur Peter ?

— Il ne va sûrement pas immoler un animal à sa place, petits idiots ! coupa le vieillard.

— Qu'est-ce que vous en savez, vous? l'apostropha Douglas.

Puis, se tournant vers Crystal, il demanda brusquement :

— Qui est-ce?

Le vieil homme se leva.

— Je suis Angus Scrimm, répondit-il. Et toi, je te reconnais, tu es Douglas... Tu es le portail, la Reine sur mon échiquier!

Le garçon jeta un coup d'œil à son amie. Mais lorsque Angus Scrimm lui prit la main, il ressentit une étrange sensation : ses forces l'abandonnaient.

L'échiquier était toujours sur la table.

Angus Scrimm saisit la Reine noire et la déplaça vers le Roi blanc.

— Échec et mat, mon cher Damon Knight! déclara-t-il.

23

Le secret d'Angus Scrimm

Dans la bulle d'obscurité filtrait la lumière, enfin !

— Hé, les amis, regardez ! s'exclama Mark. Le portail s'ouvre. Nous serons bientôt libres !

Damon, Susan, Greta et Devlin se retournèrent d'un bloc.

— Mark a raison, dit Damon, le *jeune* Damon. Préparez-vous ! Je ne sais ce qui nous a emprisonnés là-dedans, mais si c'est quelqu'un, il est en train de perdre de son pouvoir. Maintenant, écoutez-moi bien !

Dans la pénombre, les autres Invisibles s'approchèrent. Leurs mains se serrèrent et ils formèrent un cercle.

— Nous ne savons pas ce que nous devrons affronter quand nous serons de nouveau de l'autre côté. Mais je sens, de toute façon, que ce sera la mission la plus difficile que nous ayons jamais eue… et la plus difficile que nous aurons jamais. Mais nous pouvons gagner, parce que nous sommes unis. Pas vrai ?

— Présente ! répondit Susan.

— Présent ! répondit Mark.

— Présente ! répondit Greta.

— Présent ! répondit Devlin.

Douglas était étendu sur le banc qui servait de paillasse à Angus Scrimm. Il se sentait de plus en plus faible et Crystal lui tenait la main.

— C'est Damon qui a libéré Angus Scrimm, dit la fillette. Les anciens Invisibles l'avaient privé de sa magie, mais Scrimm avait encore quelques tours dans son sac, et il pourrait les leur apprendre.

— Hé, un moment! objecta Douglas. Pourquoi eux? Après tout, Angus Scrimm a toujours été le Méchant, avec un M majuscule, non!

— Tu sais, répondit le vieillard (et dans son regard Crystal reconnut l'expression de la défaite), dans ma prison sur la falaise, j'ai eu le temps de méditer sur un tas de choses. Aujourd'hui, je suis un homme différent!

— Oh, évidemment... du moment que vous ne tenez plus le couteau du côté du manche, ironisa Douglas.

— Non, dit Crystal, je le sens. M. Scrimm dit la vérité!

— Bon, bon, admettons qu'il dise la vérité. Mais si Damon est aussi puissant, à quoi peut lui servir ce maudit livre de magie?

— *Magie* est bien le mot clé, Doug, répondit-elle. Pour le moment, Damon a le pouvoir de contrôler les éléments, c'est un extraordinaire illusionniste, mais il ne s'y connaît pas beaucoup en véritable magie.

— Quoi? Tu dis? Et les farfadets qui m'ont entraîné dans un arbre... Et le vent soufflant de nulle part qui a emporté les cahiers d'oncle Ken... et les araignées sorties de la nappe de Peter... et...

— C'est bien ce que je dis, il nous a jeté de la poudre aux yeux, sauf pour le coup du vent, peut-être, qui fait partie de sa faculté de contrôler les éléments. Les farfadets? Pur envoûtement, tu es tombé de l'arbre, voilà tout. Les araignées? C'est du pareil au même : en y réfléchissant bien, le truc doit être facile à trouver. Il n'a rien fait de tangible ni de durable. Quoi, par exemple? Eh bien... déplacer une montagne, je ne dis pas. Mais maintenant qu'il détient le livre...

— Et l'eau de mer dont les cadavres étaient mouillés?

— Bof, une petite astuce pour terroriser ses ex-amis encore vivants. Il me semble les entendre marmonner : «Les cadavres étaient trempés d'eau de mer, comme cette nuit de la bourrasque...»

— D'accord, d'accord! Mais ce qui me stupéfie, c'est que Damon Knight soit devenu aussi méchant! Justement lui? Lui qui était le chef des Invisibles!

— Voyez-vous, les enfants, tous les membres des Invisibles ont été, à leur corps défendant, en contact avec la magie. En fait, tous les êtres humains en sont imprégnés dans les premières années de leur vie, mais elle les quitte peu à peu, c'est dans la nature des choses...

— Un jeu d'enfant... siffla Douglas entre ses dents.

— Comment?

— Je me disais que, après tout, votre déplacement sur l'échiquier est une erreur : la magie est vraiment un jeu d'enfant.

Le vieux magicien demeura un instant surpris et un sourire lui échappa :

— Bonne observation, mon garçon. Je me suis fait surprendre!

Il observa un moment de silence, qu'il mit à profit pour éclaircir ses idées. Puis il reprit :

— En effet, on pourrait croire que la magie est le privilège du très jeune âge... même s'il en reste quelque trace à l'âge adulte. Cela s'appelle le charme, le charisme, la clairvoyance... S'y opposer, vouloir dominer la magie est extrêmement dangereux chez les grandes personnes, plus conscientes et qui ont davantage de volonté. Mais c'est tout aussi dangereux pour des enfants. L'ennui, c'est qu'on ne s'en rend pas compte, car la magie est subtile, flatteuse, elle fait croire que l'on possède d'incroyables facultés que d'autres n'ont pas. Mais, en même temps, elle vous pénètre et s'empare de votre âme. On perd le sens des proportions et l'on est disposé à faire n'importe quoi, à accomplir n'importe quel méfait pour avoir toujours plus de pouvoir ou de richesse. Autre chose encore, et cela ne va pas vous plaire : on change en grandissant. On devient quelqu'un d'autre. Les idéaux de loyauté et de justice, qui semblaient si importants autrefois, passent au second plan.

Douglas et Crystal se regardèrent. Dans leurs yeux, quelque chose semblait dire : «Pas nous!», «Oh, ça ne nous arrivera pas!» Mais on pouvait y lire aussi une profonde tristesse.

— En grandissant, aucun des Invisibles n'a plus été activement adepte de la magie, poursuivit le vieux magicien, même si chacun en a conservé des bribes ou un vague intérêt... Personne, si ce n'est Damon Knight, le plus courageux de tous, mais aussi le plus ambitieux. Malheureusement, l'utilisation de la magie à l'âge tendre est une arme à double tranchant, elle peut cogner sur la tête! Imaginez un jeune garçon qui grandit sans devoir se préoccuper de ses limites ou sans principes de morale parce qu'il a le pouvoir de dominer les autres. Eh bien, croyez-moi, cela peut avoir des effets dévastateurs sur sa personnalité.

— Et qu'est-ce que j'ai à voir dans tout ça, moi? demanda Douglas, encore incrédule.

— J'y arrive. La nuit où les Invisibles m'ont vaincu, j'ai vu une lueur particulière dans les yeux de Damon Knight. Lorsque quelqu'un est resté longtemps en contact avec la magie, tout comme moi, il en reste un petit quelque chose. Les Invisibles se sentaient à ce moment-là fiers et forts de leur amitié réciproque... Et je leur ai lancé un avertissement : ce n'est qu'en grandissant qu'ils s'apercevraient qu'ils avaient changé! Il s'est alors produit en eux un *dédoublement*.

— Je crois comprendre, l'interrompit Crystal, le visage curieusement crispé. À partir de cet instant, il y eut deux copies identiques des Invisibles. L'une continua à vivre et à grandir, l'autre resta toujours jeune, dans l'attente de pouvoir juger, le moment venu, ceux qui étaient devenus adultes. Et le cas échéant pour pouvoir intervenir.

Le visage de Scrimm s'éclaira.

— Tu es très perspicace, mon enfant !

— Oui, mais moi, en quoi est-ce que ça me concerne ? se lamenta encore Douglas.

Il était maintenant sans force et sentait qu'il ne résisterait pas longtemps à... à quoi ?...

— Qu'est-ce que tu m'as fait, vieux sorcier ?

— J'ai simplement donné un coup de main au destin. Je ne puis affronter directement Damon Knight, mais le combattre à armes égales, cela... oui, c'est une antique tradition. Aucun magicien ne peut se soustraire à un défi lancé par un autre magicien. Et celui qui lance le défi a le choix des armes. Cela peut être une compétition de magie, mais aussi, tout simplement, une partie d'échecs.

— Tu te moques de moi ? marmonna Douglas, qui n'arrivait presque plus à parler.

— Vois-tu, mon garçon, c'est toi le portail par lequel les Invisibles peuvent accéder à cette réalité. En t'attirant ici, en te manœuvrant avec ma Reine (c'est, tu le sais, la pièce la plus puissante du jeu d'échecs), j'ai créé les conditions idéales pour que les Invisibles restés enfants règlent leurs comptes avec Damon Knight !

— Et si on essayait d'enfoncer tout simplement la porte ? Elle ne semble pas très lourde ! hasarda Robert Kershaw.

— Oh, je ne crois même pas qu'elle soit fermée ! répliqua Kendred Halloway, dont les forces lui revenaient et qui s'étirait.

— Mais alors, pourquoi...

Le journaliste s'interrompit puis reprit :

— Ah, j'ai compris le truc des buissons, tout à l'heure !

— Eh oui, répondit Hettie. J'ai essayé plusieurs fois de m'échapper, mais je suis toujours revenue sur le divan !

— Il doit bien y avoir un moyen, grogna Robert Kershaw, regardant autour de lui.

En effet, il y en avait un : découvrir l'interrupteur qui ouvrait l'accès à la cascade et au couloir dont lui avait parlé Hettie. Mais si cette sortie était praticable, elle le mènerait trop loin, et maintenant les instants étaient comptés.

Il fallait pourtant franchir cette porte.

— Voyons, réfléchit-il tout haut. Nous n'atteindrons pas la porte, car quelque chose nous obligera à venir nous rasseoir, n'est-ce pas ?

— C'est à peu près ça, répondit Kendred Halloway, en suivant le regard du journaliste.

— Bon. Excusez-moi de vous poser une question aussi stupide mais... avez-vous essayé d'avancer les yeux fermés, à tâtons ?

— Oui, mais ça ne marche pas, répondit Hettie Halloway. De toute évidence, l'hypnose influence notre force de volonté !

— D'accord. Mais si nous étions dans un moyen de transport ? Quelque chose qui nous entraînerait vers la sortie sans que notre volonté intervienne ?

— Un moyen de transport... dit Kendred Halloway, et que quelqu'un pourrait pousser ? Une table roulante, par exemple ? dit-il en regardant le chariot à liqueurs.

— Ce n'est pas si bête, après tout ! Voyons si ça fonctionne ! conclut Robert Kershaw.

La poulie grinçait, tandis que la chaîne se déroulait à travers l'anneau, soulevant Peter de terre. Le garçon était suspendu par les chevilles et avait un bâillon sur la bouche. Il était facile d'imaginer le sort qui lui était réservé.

Il se trouvait dans une grande salle souterraine, creusée dans la roche, exactement au-dessus de l'étroite cellule d'Angus Scrimm.

Damon Knight portait une longue tunique violette, seule sa tête restait découverte. Il ne prononçait aucune parole inutile, totalement concentré sur le rite qui ferait de lui le Magicien suprême. Il avait obligé Angus Scrimm à lui révéler la cérémonie d'introduction et, maintenant qu'il détenait le *Malartium,* il connaissait toutes les formules suivantes.

De la main droite, il prit le volume et commença à réciter une espèce d'incantation, en une langue que Peter n'avait jamais entendue. Dans sa main gauche, il tenait un poignard.

— Ainsi, je serais lié par un double fil aux Invisibles, n'est-ce pas? Voilà qui expliquerait mes moments d'absence, réussit à dire Douglas, tout en glissant dans le sommeil. Quand je m'endors, ils sont libres d'accéder à notre réalité. Mais comment ne sont-ils pas intervenus plus tôt?

— Je ne connais pas toutes les réponses, mon garçon, dit Angus Scrimm. Peut-être est-ce parce que, en te retrouvant dans la ville où tout a commencé, ton esprit a pris le dessus, et tu as rangé les Invisibles dans un «placard», jusqu'à ce que tu aies revécu toute l'aventure. Dans un certain sens, c'était aussi un moyen de les faire revivre.

Crystal sentit que la main de son ami serrait moins fort la sienne.

— Douglas, appela-t-elle, effrayée. Douglas, tu m'entends?

— Chut!

Le vieil homme lui fit signe de se taire, en lui mettant la main sur l'épaule.

— Cela ne sert à rien. Tu ne peux plus le rejoindre, désormais !

À ce moment, la loupiote suspendue près de la porte blindée pâlit, la température se refroidit sensiblement.

— Ils arrivent ! chuchota Angus Scrimm.

Robert Kershaw poussa de toutes ses forces. Son visage se déforma sous l'effort et il ressentit une douleur aiguë dans le nez. Le chariot portant Kendred Halloway fut projeté vers la porte de la salle à manger. Le sol, pavé de grandes dalles de marbre lisse, se prêtait idéalement à la tentative, mais un chariot à liqueurs sur roues n'est pas fait pour supporter le poids d'un homme !

Kendred Halloway sentit la nausée lui monter aux lèvres à mesure qu'il approchait de la porte. Un grincement sinistre s'échappa d'une roue du chariot.

« Courage, pensa Ken, encore quelques mètres. »

Encore un grincement, et une roue céda. Le chariot continua sa course folle, puis s'inclina sur le côté et s'effondra par terre.

Sur une bordée de jurons, Ken roula sur lui-même et alla cogner contre…

— Dans le mille ! exulta Robert Kershaw. Vous y êtes, c'est bon !

Kendred Halloway ouvrit les yeux et s'aperçut que Robert disait vrai. La partie gauche de son corps avait enfoncé la porte fermée. Ainsi, l'idée avait été bonne ! Il tenta de se relever pour saisir la poignée, mais fut de nouveau submergé par la nausée.

— Ken n'arrive pas… il n'arrive pas à se relever ! dit Hettie Halloway.

— Comment ça, il ne peut pas? répliqua avec force le journaliste. S'il veut, il peut! Allez, du nerf!

Mais impossible d'attraper la poignée de la porte. Des larmes de désespoir inondaient le visage de Kendred Halloway.

— Non, je n'y arrive pas...

— Alors, comme ça, on ne peut pas tourner une poignée de porte, mon vieux? se moqua Robert Kershaw. Qu'y a-t-il, tu veux capituler devant ton ami d'enfance? Tu as perdu la partie? ajouta-t-il, le tutoyant soudain.

Les larmes aux yeux, Hettie Halloway s'approcha du journaliste pour lui ordonner de se taire, mais il la repoussa.

Un éclair sillonna la pièce et des rafales de pluie fouettèrent les vitres. Quelque chose allait se produire...

— Je... je... bredouilla Kendred Halloway. Je n'y arrive pas... c'est sa magie qui...

— Elle a bon dos, la magie! Ce n'est que par la force de sa volonté qu'il nous retient prisonniers dans cette pièce! Mais nous savons tous que lorsque vous étiez petits, Damon Knight ne faisait rien sans ta permission, pas vrai? Que se passe-t-il aujourd'hui? Les rôles sont-ils inversés?

— C'est facile de parler pour toi, jeune homme, mais la vérité est que...

— La vérité est que c'est lui qui est resté jeune et que toi, tu as vieilli. N'est-ce pas? Je me trompe?

Si le journaliste lui parlait sur ce ton, c'était qu'il voulait le provoquer, le faire réagir et Kendred Halloway le comprenait bien. Mais il avait vu juste. Peut-être Robert Kershaw ne pensait-il pas vraiment ce qu'il disait, mais Kendred Halloway avait parfaitement reçu le message. Il avait commencé à s'en rendre compte quand, après tant d'années, il avait revu Damon Knight.

« Ce n'est pas juste, se dit-il, sentant la colère monter en lui... ce n'est pas juste qu'il soit le seul qui... »

En un suprême effort, Kendred Halloway se redressa et saisit la poignée. Il ouvrit la porte. Son vieil ami l'avait sous-estimé ! Damon l'avait sous-estimé !

— Bravo ! exulta Robert Kershaw. Ken, tu es super !

Maintenant, Ken était debout près de la porte ouverte.

— J'arriverai peut-être à venir vous chercher et à vous accompagner jusque-là !

— Hé, Ken, j'ai dit que tu étais super ! dit en riant le journaliste, mais il ne faut pas trop tenter le sort.

Puis, redevenu sérieux, il ajouta :

— Cette bataille est la tienne, mon ami !

24

Le retour des Invisibles

Peter était bâillonné et ne pouvait parler. Mais s'il l'avait pu, il ne l'aurait quand même pas fait. Pour la première fois de sa vie, il était sans voix.

Depuis que Damon Knight avait commencé à psalmodier les formules du *Malartium,* d'étranges phénomènes s'étaient produits. Les objets se déplaçaient et des lueurs multicolores illuminaient la pièce. Un vent venu d'on ne sait où s'était levé, de plus en plus fort et toujours plus violent. Il aurait parié que dehors la pluie tombait à verse.

Damon s'était interrompu un bref instant, effrayé lui-même par ce qu'il était en train de déchaîner. Jusqu'à ce jour, il n'avait fait que jouer avec des tours de magicien, créant des illusions, manipulant les éléments naturels. Maintenant, il était face à la magie pure.

Il se reprit et poursuivit sa lecture à haute voix, dirigeant lentement vers Peter le poignard qu'il avait en main. Vers *la gorge* de Peter.

— Arrête, Damon !

La voix de Kendred Halloway couvrit le rugissement du vent. Peter essaya de se tourner dans cette direction.

— Ken, mon ami, hurla Damon Knight, tu n'as pas intérêt à abuser de ma patience !

— Laisse ce garçon tranquille, réglons la situation entre nous !

— Mon pauvre Ken, ton sang ne vaut pas grand-chose : tu es vieux et impur. Et puis, la situation nous dépasse ! Regarde : les forces qui se déchaînent appellent le sang !

Sur le sol s'était ouvert un vide, comme un gouffre noir. Kendred Halloway regarda ses pieds : ils s'enfonçaient dans le granit, devenu soudain liquide comme de la boue. Avec un cri et un sursaut d'horreur, il recula vers la porte, sur la partie solide du sol.

Damon Knight partit d'un rire sonore.

Crystal et Angus Scrimm veillaient le corps de Douglas et attendaient.

— Il se passe quelque chose là-haut, s'exclama la fillette. Je perçois les émotions de M. Halloway, il est complètement bouleversé !

— Patience ! l'exhorta le vieux sorcier. Nous ne pouvons qu'attendre.

Un bruit sur la porte blindée se fit entendre. Le pêne grinçait... pourtant aucune clé n'avait été introduite dans la serrure.

— Qui... qui es-tu ? demanda Crystal, avançant vers la porte.

— Sortez, vous êtes libres, dit une silhouette mystérieuse.

Au son de cette voix, à la vue d'un visage de fillette, Crystal eut une intuition.

— Grand-mère... dit-elle, incrédule. Grand-mère, c'est toi ?

La silhouette sembla hésiter. Sur la défensive, elle avança encore un peu. Crystal la distinguait bien, maintenant. C'était vraiment elle qu'elle avait *connue* à travers les rêves de Douglas : Susan Cooper, sa grand-mère morte ! Et non seulement elle se tenait devant elle, mais elle avait plus ou moins le même âge qu'elle!

Les yeux remplis de larmes, Crystal voulut la toucher.

Susan avait aussi les yeux brillants de pleurs, une ombre de compassion se lisait sur son visage. Mais elle recula en disant :

— Nous n'avons pas le temps. Mes amis ont besoin de moi.

Puis elle scruta la pénombre :

— Qui est ce vieillard, là-bas, dans le noir?

À ce moment, Damon, Mark, Greta et Devlin, les anciens Invisibles, firent irruption dans la pièce où se déroulait le rite.

Le jeune Damon, à la vue des éclairs multicolores et du garçon pendu par les pieds, comprit immédiatement ce qui se passait là.

Angus Scrimm était revenu!

— Tout va bien, les amis, déclara Damon. Le vieux Scrimm a recommencé ses manigances, mais cette fois nous ne sommes plus des enfants sans défense. Encerclons-le!

Le sorcier leur tournait le dos, tout occupé à marmonner ses formules magiques. Au fond de la pièce, près de la porte, se tenait un homme âgé. Il paraissait si effrayé qu'il ne pouvait constituer un danger.

— Maintenant! cria le jeune Damon.

Ses compagnons allaient tomber sur le dos du sorcier… mais des boules de feu jaillirent du gouffre noir qui s'était ouvert dans le sol et vinrent frapper les Invisibles, les projetant contre les murs.

Soudain, un feu brûla en eux et ils se tordirent de douleur. Des flammes sortaient de leurs yeux et de leur bouche.

Mais il n'était pas facile d'arrêter le chef des Invisibles.

Évitant une boule de feu dirigée sur lui, il disparut... pour resurgir dans le dos du magicien maléfique.

— Laisse cet enfant, s'entendit alors dire Scrimm. Détache-le !

Le magicien se retourna et le vieux Damon Knight qu'il était plongea son regard dans celui du jeune Damon Knight, son compagnon d'autrefois.

Le garçon lâcha sa prise et recula de quelques pas.

Le vieux sorcier parut décontenancé à son tour, mais il reprit aussitôt sa litanie, rapprochant le poignard de la gorge de Peter. L'incantation était presque terminée !

Des tentacules de chair sombre et visqueuse sortaient du gouffre en s'agitant. Des éclairs de toutes les couleurs zébraient l'air, tandis que les Invisibles se tordaient de douleur sur le sol, dévorés par le feu. Le jeune Damon ne s'attendait pas à un ennemi d'une telle force et il ne savait plus que faire.

— Damon, c'est à toi de l'arrêter !

C'était la voix de Ken, et en même temps ce n'était pas sa voix. Le jeune Damon jeta autour de lui des regards incertains. Était-ce possible ? Son vieil ami était-il revenu pour l'aider ?

— Ken ! Ken, où es-tu ?

Ce n'était pas un revenant qui parlait, mais un gamin apeuré.

Son regard tomba sur un homme âgé qui se tenait près de la porte. Il comprit enfin. Il était là, son ami, son grand ami qui avait tant d'importance pour lui ! Mais l'ami d'autrefois n'était plus là, il avait laissé place à un adulte auquel il ne pouvait faire confiance...

Crystal et Susan Cooper sortirent de l'ascenseur et furent aveuglées par les éclats de lumière provenant du fond du couloir. Là-bas, sur le seuil d'une pièce, on pouvait entrevoir une silhouette que Crystal put identifier : c'était Kendred Halloway. Elles coururent vers lui.

— Damoooon ! hurla la jeune Susan, quand elle se rendit compte de la situation.

Elle allait s'élancer au secours de son ami, mais Crystal la retint par la main. Elle savait exactement ce qu'il fallait faire.

De sa main libre, elle saisit la main de Kendred Halloway, qui la regarda d'un air impuissant.

À cet instant, le jeune Damon *ressentit* quelque chose : il *sentit* que cet homme qui avait pris de l'âge, qui dans une autre vie avait été son meilleur ami, avait su conserver en lui la pureté du temps où ils s'étaient connus, où ils avaient partagé des idéaux de justice et d'amitié. Alors, il regarda *l'autre* lui-même, celui-là même qui avait grandi et renié tout ce en quoi il croyait. Il lut dans son âme et fut envahi d'une colère incontrôlable.

Il se leva et s'approcha du magicien.

— Damon Knight, annonça-t-il, tu as renié tes idéaux, l'amitié, le pacte des Invisibles ! Sois maudit pour tout cela !

C'est à ce moment que le vieux Damon termina sa lecture. Il ne lui restait plus qu'à trancher la gorge de Peter. Mais quelque chose le retenait encore.

— Damon Knight, répéta le jeune chef des Invisibles, tu as renié tes idéaux, l'amitié, le pacte des Invisibles. Sois maudit pour tout cela !

Susan rejoignit le chef des Invisibles et lui donna la main.

— Damon Knight, dirent-ils ensemble, tu as renié tes idéaux, l'amitié, le pacte des Invisibles. Sois maudit pour tout cela !

La main libre de Damon rejoignit celle de Mark et, à l'instant même, les flammes qui les tourmentaient disparurent.

— Damon Knight, reprirent-ils ensemble, tu as renié tes idéaux, l'amitié, le pacte des Invisibles. Sois maudit pour tout cela !

Enfin, la main libre de Greta rejoignit celle de Devlin.

— Damon Knight, tu as renié tes idéaux, l'amitié, le pacte des Invisibles. Sois maudit pour tout cela !

— NON ! hurla le vieux Damon Knight. Non, vous ne m'arrêterez pas maintenant ! Je suis trop près du but, vous m'entendez ? Trop près du but !

— Damon Knight, tu as renié tes idéaux, l'amitié, le pacte des Invisibles. Sois maudit pour tout cela ! répétèrent en chœur les Invisibles, en le serrant de près.

À mesure qu'ils avançaient, le gouffre noir du sol rétrécissait, les éclairs se faisaient plus rares, les tentacules visqueux se retiraient.

— Ce n'est pas juste, ce n'est pas juste ! protesta le magicien.

Dans une tentative désespérée, il voulut porter un coup de poignard à la gorge de Peter.

Mais le tentacule fut plus rapide : il le saisit aux jambes et l'entraîna vers le gouffre.

Le *Malartium* lui échappa des mains.

— Damon Knight, tu as renié tes idéaux, l'amitié, le pacte des Invisibles. Sois maudit pour tout cela !

— Ken ! hurla le vieux Damon Knight. Mon vieil ami, ne les laisse pas me prendre !

Kendred Halloway resta de marbre. Ce qui arrivait le dépassait. Pourtant, en un élan de compassion, il remarqua que son ami d'autrefois faisait vraiment son âge : ses cheveux étaient aussi blancs que les siens, les rides marquaient son visage. Cette dernière illusion s'était évanouie.

— Damon Knight, tu as renié tes idéaux, l'amitié, le pacte des Invisibles. Sois maudit pour tout cela !

— Ken, je t'en supplie, tu es le seul à pouvoir m'aider !

Damon Knight disparaissait peu à peu dans le gouffre.

Kendred Halloway ne put résister plus longtemps. Il lâcha la main de Crystal et se pencha sur son vieil ami. Mais le cercle des Invisibles s'était refermé autour de Damon, comme une barrière infranchissable.

— Damon Knight, tu as renié tes idéaux, l'amitié, le pacte des Invisibles. Sois maudit pour tout cela !

— Au secours, Ken, au secours !

— Ma main, Damon, attrape ma main !

Les mains des deux amis réussirent à s'effleurer.

— Laissez-le, monsieur Halloway, cria Crystal. Si vous le touchez, vous serez maudit, vous aussi !

— Mais je ne peux pas l'abandonner ainsi ! Autrefois, lui et moi... nous étions...

— Autrefois... répéta le vieux Damon Knight.

Mais au moment de saisir la main de Kendred Halloway, il retira la sienne.

Dans un dernier sursaut, «la chose» l'entraîna dans le gouffre, qui se referma sur lui-même.

— Pauvre, pauvre stupide ami... soupira Kendred Halloway, au bord des larmes. Mon malheureux ami...

— Damon Knight, tu as renié tes idéaux, l'amitié, le pacte des Invisibles. Sois maudit pour tout cela !

Et tout fut fini.

Les Invisibles s'en allèrent et se regardèrent tous, très malheureux.

Crystal courut vers Kendred Halloway et l'embrassa très fort. L'homme lui rendit son étreinte.

Dans le silence de la pièce, une voix retentit.

— Voyons voir... *Vieillesse, vieillesse...* Ah, voilà, j'y suis, dit Angus Scrimm en feuilletant le *Malartium*. Alors, tout le secret tient dans ce mot? C'est vraiment un jeu d'enfant...

— Donne-moi ce livre ! ordonna Damon Knight, le chef des Invisibles.

— Hé, ne t'excite pas, jeune homme, je fais partie des « bons », maintenant, tu sais !

— Donne-le-moi ! répéta le garçon, en tendant le bras.

Le vieil Angus Scrimm sembla hésiter, mais il posa le *Malartium* dans la main de Damon, qui le passa à Mark.

Crystal entendit une voix dans sa tête :

— Et toi, tu t'appelles... lui demanda le chef des Invisibles.

— Crystal !

— Si tu nous aidais, Crystal, tu ne serais pas de trop !

La fillette regarda Susan du coin de l'œil. Elles échangèrent un sourire.

— J'aimerais beaucoup, vraiment beaucoup !

— Parfait ! Alors nous nous reverrons sûrement un jour ! répliqua Damon.

En un éclair, les Invisibles disparurent.

— Un instant ! Comment pourrai-je vous retrouver ?

— Douglas saura comment faire ! fut la réponse.

— Formidable ! J'ai été faite « chevalière » sur le champ de bataille ! plaisanta la fillette.

— Hein ? Quoi ? Comment ? demanda Kendred Halloway, qui regardait encore autour de lui, d'un air ébahi.

— Oh, rien, rien !

Le vieux Ken entoura les épaules de Crystal de son bras. Il la regarda, sans mot dire.

Quand ils se retournèrent vers la porte, ils ne s'attendaient certes pas à voir encore Angus Scrimm. En effet, le vieux sorcier avait profité de leur distraction pour s'évanouir dans la nature.

Mais en revanche...

— Mmmf !... Mmmmmff !

— Oh, mon Dieu, Peter ! s'exclama Crystal, se précipitant vers le garçon. Je l'avais oublié !

— Je ne t'en veux pas ! Tu en as vu des vertes et des pas mûres, ces dernières minutes ! plaisanta Peter quand Crystal lui retira son bâillon. Moi, je n'étais pas à la fête non plus, je t'assure !

— Peter, tu es unique en ton genre ! dit Crystal en riant.

Et elle lui piqua un baiser sur le front, pendant qu'il avait encore la tête en bas.

À peine avait-elle fini de le délivrer de ses liens que Douglas se précipita dans la pièce.

— Surtout ne vous souciez pas de moi, je vais très bien ! annonça-t-il. Je me suis réveillé dans la cellule, il y a quelques minutes.

Son oncle Ken allait l'embrasser, mais Crystal se précipita pour le faire à sa place, et il lui laissa la priorité.

— J'ai manqué le plus beau, il me semble ? dit enfin Douglas, après toutes ces embrassades.

— Tu veux rire ? Le meilleur reste à venir !

— Euh… hum…

Peter s'éclaircit la voix, l'air embarrassé.

— Oh, mon ami ! le salua Douglas, en l'embrassant à son tour. Heureux de te voir en si bon état. Comment ça s'est passé ?

— Eh bien, en fait… Damon a eu la bonne idée de rendre inoffensive mon arme la plus efficace, répondit-il en montrant le bâillon.

Les deux ados éclatèrent de rire et tous trois s'embrassèrent de nouveau.

— Alors, vous venez ? lança oncle Ken depuis le corridor. Il y a là-haut deux personnes impatientes de savoir comment tout cela a fini !

Douglas, Crystal et Peter se mirent en marche ensemble.

— Maintenant que tu es seule, que vas-tu faire? demanda Peter.

— Eh bien… commença Crystal.

— Je pense que je peux répondre, intervint oncle Ken, en leur faisant de la place dans l'ascenseur. Tu sais, Crystal, ma femme et moi n'avons pas eu d'enfant. Si tu es d'accord, tu pourrais rester avec nous. Hettie et moi en avons parlé quand nous avons appris la mort de ta grand-mère…

La fillette regarda Kendred Halloway, n'en croyant pas ses oreilles. Elle balbutia :

— Monsieur Halloway… merci, je… ne sais que dire… Merci, je…

— Tu peux m'appeler oncle Ken, si tu veux.

— Oh! là là! Que c'est sucré, tout ça! Un coup à attraper une carie! dit en riant Douglas, tapotant gentiment l'épaule de Ken. Tu es vraiment super, mon oncle! Comme cela, ce sera plus facile de rester en contact, n'est-ce pas? Nous nous reverrons au moins à toutes les vacances!

— Oui, et ne te fais pas de souci, je veillerai sur elle, intervint Peter, posant sa main sur le bras de son amie.

— Oh, c'est toi qui n'as pas de souci à te faire, Peter, répliqua Douglas, saisissant l'autre bras de Crystal. Je suis sûr de pouvoir entrer en contact avec elle chaque fois qu'elle en aura besoin.

— M… ouais, Doug, dit Peter, entourant les épaules de Crystal d'un bras protecteur, mais je ne crois pas que ce sera nécessaire. De toute façon, la petite Crystal et moi, nous te tiendrons au courant!

Douglas attira la fillette contre lui, écartant son ami de l'autre main.

— Mais qu'est-ce que ça veut dire? J'ai dit que je me chargeais de la petite Crystal!

— Vous savez ce qu'elle vous dit, la petite Crystal, s'exclama la fillette, en se dégageant brusquement de leur étreinte. Si je n'avais pas été là, vous auriez été dans de beaux draps, pas vrai?

— Euh, c'est sûr, Crys, tu nous as été bien utile, mais... commença Douglas.

— Extrêmement utile, Crys, c'est seulement ce type qui... dit Peter.

— Ce type? lança Douglas, en donnant une poussée à son ami.

— J'ai dit ce type, et alors?

— Hé, je vous parle, moi! dit Crystal.

Les ados ne s'étaient pas aperçus qu'ils étaient arrivés au rez-de-chaussée. Souriant dans sa barbe, l'oncle Ken décida sagement de ne pas intervenir. Il choisit plutôt d'aller rapidement embrasser sa femme.

Épilogue

Robert Kershaw avait pris place dans son compartiment.

À mesure que le train roulait, il regardait la petite ville de Misty Bay s'éloigner. Cette fois encore, il n'avait pas obtenu ce qu'il cherchait. Par ailleurs, il n'était pas tout à fait mécontent de la façon dont les faits s'étaient déroulés. Il avait, il est vrai, essayé de tirer un peu les vers du nez de Kendred Halloway et des enfants, mais n'avait obtenu que peu de réponses, ou alors évasives. Et pourtant... Pour la première fois de sa vie, il avait le sentiment d'avoir contribué de façon désintéressée à un événement vraiment important. Et si cela ne suffisait pas à faire de lui quelqu'un d'important, eh bien... la piste des Invisibles était encore chaude et il s'y lancerait de nouveau.

Reprendre la piste des Invisibles? C'était sûr et certain. N'était-il pas un authentique fin limier?

Quelques compartiments plus loin, un petit rouquin d'environ cinq ans s'efforçait de faire de ce voyage un souvenir mémorable pour son entourage. Il avait commencé par s'amuser à sautiller sur les pieds des gens. Puis il avait jeté une peau de banane par la fenêtre, mais la force de l'air en déplacement l'avait fait rentrer dans le compartiment et elle avait atterri sur la figure d'une grosse dame, qui était devenue encore plus rouge que nature. Non content de cela, et malgré les reproches de sa mère, il avait fourré dans sa bouche un sandwich au jambon qui l'étouffait, et il en recrachait des morceaux autour de lui, « comme le pitit léléphant de la télé, hein, maman ? ».

Un élégant monsieur sur la trentaine, aux longs cheveux noirs et à la barbiche en pointe avait attiré son attention en claquant des doigts. Sur un simple geste, un petit nuage de fumée était apparu, qui s'était transformé en une énorme sucette. Mais lorsque l'enfant avait voulu la saisir, le « magicien », d'un autre geste imperceptible, avait ouvert la main. Vide ! L'enfant ouvrait la bouche pour protester, et l'homme avait tendu la main pour le caresser derrière l'oreille... et la sucette avait réapparu !

Sous les applaudissements des voyageurs, l'homme laissa l'enfant s'emparer de la friandise convoitée et, sans plus de façons, grimper sur ses genoux.

— Comment tu as fait? demanda l'enfant.

— Kevin, intervint sa mère, laisse le monsieur tranquille !

— Oh, laissez-le faire, madame, il ne me dérange pas, dit l'homme en souriant.

Puis, s'adressant à l'enfant :

— Si tu m'écoutes bien, je t'apprendrai ce tour. Après tout, la magie est vraiment un jeu d'enfant, mon petit !

Table des matières

Personnages

Douglas, 12 ans

Ce garçon, gauche et un peu grassouillet, n'est pas très courageux. Mais il a un cœur d'or. Bourré d'humour, il est capable de reparties sarcastiques. Sa mère est morte quand il était petit et il vit avec son père, que son travail conduit à se déplacer souvent de ville en ville. Douglas, qui n'a jamais le temps de se faire des amis, est donc un garçon assez solitaire. Le plus intéressant, c'est qu'il est un «portail» : il est doté d'un pouvoir qui lui permet involontairement d'ouvrir des brèches entre les dimensions temporelles et spatiales, ou entre la vie et la mort.

Crystal, 12 ans

C'est elle, le chef de la bande. Elle est très mûre pour son âge, un vrai garçon manqué qui n'hésite pas à foncer tête baissée dans la bagarre. Orpheline, elle a été élevée par sa grand-mère, Susan (une ancienne Invisible), qui lui a appris à exercer son propre pouvoir : la télépathie, c'est-à-dire le fait de percevoir les émotions et les pensées des personnes, proches ou à distance.

Peter, 12 ans

Timide et «binoclard», il n'a pas de pouvoirs, comme Douglas et Crystal, mais il est doué d'une grande intelligence intuitive. Ses parents sont sévères et l'obligent à s'habiller de façon classique et stricte, à s'exprimer de manière châtiée. À cause de cela, il est la cible des moqueries des autres jeunes de Misty Bay.

Kendred Halloway,

dit oncle Ken. Comme la grand-mère de Crystal, il est un membre des anciens Invisibles. Très généreux, rêveur, il est marié à Hettie. Il a fondé et dirige la bibliothèque de Misty Bay.

Tante Hettie,

épouse de l'oncle Ken. Corpulente et expansive, excellente cuisinière, elle est moins bécasse qu'elle ne le semble.

Robert Kershaw,

dit « le fin limier », est un journaliste déterminé et mystérieux, qui enquête à Misty Bay sur une bande fantôme d'adolescents qui se font appeler les Invisibles. On les retrouve sur tout le territoire des États-Unis depuis près de dix ans, en des lieux où des enfants sont en difficulté.

Damon Knight,

ex-chef des tout premiers Invisibles, passe la majeure partie de son temps dans ses propriétés, en Afrique du Sud.

Angus Scrimm,

maire de Misty Bay au temps de la jeunesse de Ken, est en réalité un magicien maléfique, qui enlevait autrefois de jeunes enfants pour les sacrifier. Ce rite cruel devait, selon lui, lui permettre de devenir le Magicien suprême.

Les anciens Invisibles

Damon	Devlin
Greta	Ken (futur oncle de Douglas)
Mark	Susan (future grand-mère de Crystal)

Projet et réalisation éditoriale : Dreamfarm srl
Editing édition originale : Anna Lazzeri
Illustration de couverture : Paolo Barbieri

© 2009 Instituto Geografico De Agostini S.p.A, Novara
© 2011 Éditions Prisma
Direction : Pierre-Olivier Bonfillon
Direction éditoriale : Françoise Kerlo
Directrice de collections : Caroline Tancrède
Traduction : Françoise Langrognet
Correction : Véronique Cezard
Studio de fabrication : Flora Bellanger
Maquette, couverture, mise en page : Studio Ben

ISBN : 978-2-8104-0167-3
Dépôt légal : avril 2011 - N° d'impression : 74321
Achevé d'imprimer par CPI Aubin Imprimeur (France)

Loi n°49-956 du 16 juillet 1949 sur les publications destinées à la jeunesse